Elisabeth Vogt

Tiefgang

Entwicklungsroman

Impressum

Bibliografische Information der Deutschen
Nationalbibliothek:
Die Deutsche Nationalbibliothek verzeichnet diese
Publikation in der Deutschen Nationalbibliografie;
detaillierte bibliografische Daten sind im Internet über
http://dnb.dnb.de abrufbar.

Lektorat: Petra Rosenberg
Korrektorat: Petra Rosenberg

Herstellung und Verlag: BoD – Books on Demand,
Norderstedt

ISBN: 978-3- 753-46254-7

Dieses Buch widme ich dir.

Ich lag bewegungsunfähig in meinem Bett. Ich hörte nur das leise Surren der Elektrizität in meinem Zimmer. Mein ganzer Körper war so versteift, dass mein Brustkorb sich beim Ein- und Ausatmen kaum hob und senkte. Ich spürte in meinem Körper das Adrenalin kochen und hatte Angst vor dem Moment, bei dem der Topfdeckel dem Druck nicht mehr standhalten konnte. Um das Überschwappen der angestauten Gefühle zu verhindern, versuchte ich mich nicht zu bewegen. Damals glaubte ich, wenn ich nur lang genug in meiner Starre verharren würde, wäre das Explodieren unmöglich. Ich fühlte mich wie so oft viel zu weich für diese harte Welt und suchte Schutz. Doch bei mir konnte ich den Schutz nicht finden. Zumindest jetzt noch nicht. Als mein Atem schneller wurde und meine Muskeln anfingen zu zucken, ahnte ich, dass ich den Deckel nicht mehr lang stillhalten konnte. Zu viel trug ich in mir, was einen Ausweg aus meinem Körper suchte. Mit einem Mal fing ich an zu schlagen und zu schreien. Ich konnte das Überschwappen und die darauffolgende Explosion nicht verhindern.

Ich schlug härter auf mich ein als jede noch so wild gewordene Kreatur jemals auf mich einschlagen könnte. Beim Boxen gegen die Wände entfuhr mir ein schmerzvoller Schrei, der mich dazu brachte, lieber in meine Kissen zu boxen. Doch genau das war der Grund meines Kampfes. Ich wollte Schmerz fühlen, wissen, dass ich lebte. Bei jedem Schlag stöhnte ich auf. All die zerstörerische Kraft, die ich davor in

Gedanken und Gefühlen gegen mich gerichtet hatte, konnte ich nun herausboxen. Noch einmal und noch einmal. Ich holte noch ein paar Mal kräftig aus, doch ich merkte, wie die angestaute Energie entwichen war wie aus einem Luftballon. Mit meiner letzten Frustration boxte ich und biss in mein Kissen. Darauf folgte ein Schrei, der sich in mir und meinem Zimmer ausbreitete. Es war ein langer schmerzvoller Ton, der je länger er anhielt immer mehr in ein Schluchzen überging. Ich tat mir selber leid. In dem Schrei konnte ich meine ganzen unterdrückten Schreie hören, die ich mich nicht getraut hatte freizulassen. All die Wut verwandelte sich in die Trauer, die sich hinter diesem Ausbruch versteckt gehalten hatte. Ich sehnte mich nach mir, der Liebe zum Leben und nach Halt. Je länger ich schluchzte und mich schüttelte, desto ruhiger wurde ich. Die Müdigkeit übermannte mich. Ich hatte das freigesetzt, vor dem ich mich so sehr fürchtete. Ich war müde von den Rollenspielen und diese Rollen wieder ablegen zu müssen – und dann das Chaos zu betrachten, das diese angerichtet hatten. Ich zog die Bettdecke über mich und der Sturm legte sich und Stille umhüllte mich.

Der Schmerz meiner Hand ließ mich aus meinem verschwommenen Zustand aufschrecken. Meine Hände waren blutverschmiert und auch die Wand hatte ein neues Muster bekommen, welches an meinen inneren Krieg erinnerte. Ich begann wie ein Baby an all meinen Fingern zu lutschen und schließlich versuchte ich die ganze Faust in den Mund zu nehmen. Genauso wie früher klappte das jetzt auch nicht. Das Leben besteht nur darin, immer wieder die gleichen Dinge zu tun und andere Ergebnisse zu erhoffen. Das nennt man Hoffnung. Ich wollte nicht mehr nur hoffen, sondern komplett neue Dinge testen. Solche, die ich noch nie zuvorgetan hatte und am besten auch niemand vor mir je getan hatte. Dann könnten keine Erwartungen und Hoffnungen entstehen.

Meine freigesetzten Darmgase stiegen langsam unter der Bettdecke zu mir nach oben auf und ich erfreute mich daran. Endlich nicht schämen müssen, einfach riechen können. Angenehm! Ich hätte hier noch ewig warten können. Nein, nicht warten, verweilen können, aber in meiner jetzigen Situation wartete ich fast immer oder ich tat etwas. In der Zeit, wo ich nicht wartete, explodierte ich. Einfach so. Mit der Faust gegen die Wand oder besser gesagt die Wand gegen meine Faust.

Ich fing an, mich zu schälen. Erste Schicht Bettdecke, zweite Schicht Klamotten und fing sogleich an, neue Schichten aufzutragen. Ich beeilte mich, da ich nicht so lange nackt in meinem Zimmer stehen wollte, welches Fenster in alle Richtungen hatte. Nachdem ich nun auch über meine Hand Schichten auftrug in Form von Pflastern, machte ich mich auf den Weg zu meiner Arbeit.

Wohin wusste ich nicht. Ich wusste, um ehrlich zu sein, noch nicht mal, dass ich arbeitete. Ich sagte es nur, um andere Menschen nicht zu schockieren. Eigentlich ging ich oft zu Freunden, in den Wald oder manchmal, und das muss geheim bleiben, in die Kanalisation.

Schon als kleines Kind dachte ich, dass die Untergrundbewegung in der Kanalisation stattfinden müsse. Ich wusste nicht, in welcher Realität es mir besser gefiel. Oft wollte eine Seite in mir immer noch das Leben im Sonnenlicht genießen, von Club zu Club ziehen und mich in der Welt der Formen verlieren, und die andere Seite wollte die Isolation von den Außenreizen, tief ins Unbekannte in mir und der

Welt gehen. Beides zu vereinen und ein Doppelleben zu führen, schien fast unmöglich.

Denn es ist so: Lebst du einmal in den Gängen des Gestankes, gehst du nicht mehr nach oben. Du stinkst nämlich zu stark und das würde dich verraten. Und all das da unten muss geheim bleiben. Sonst müssen wir für unsere Schlafplätze mitten in der Scheiße auch noch Geld bezahlen!

Als ich in der Küche stand, nahm ich den Kuchen, den ich gestern gebacken hatte. Ich entschied mich zu meinen Freunden in die Kanalisation zu gehen. Ich packte noch ein paar großen Kerzen und meinem Ganzkörper-Kondom in meinen Beutel und machte mich auf den Weg zu Kalle, Ronja und Milo machte. Milo war der Hund von Kalle und Ronja. Den Kuchen nahm ich deswegen mit, weil ich nicht wusste, wann die beiden Geburtstag hatten. Ich hatte diesen Tag etwa schon fünf Mal verpasst. Besser spät als nie, dachte ich mir. Außerdem wäre es sicherlich schön für meine Herzensmenschen, wieder einmal etwas frisch Riechendes und Wohlschmeckendes zu essen.

Auch ich wusste nicht mehr, wie alt sie waren. Manchmal, wenn ich ihre Gesichter unter all dem Schlamm sehen konnte, empfand ich ihr Antlitz als wunderschön. Ich schätzte sie um die 25. Sie selbst hatten aufgehört zu zählen. Manchmal, wenn ich zu ihnen kam und sie mich fragten, welches Jahr dort oben sei, konnte ich ihnen keine Antwort geben. Viel zu interessant und einmalig fand ich es, dass sie es nicht wussten. Sie lebten fern ab von der Zeit und vergaßen langsam alle gesellschaftlich ausgedachten Ideen. Manchmal konnten sie sich ungefähr vorstellen, wie es draußen wohl aussehen könnte, weil sie Dinge zwischen der Scheiße schwimmen sahen. Diese schwimmenden Beweise verrieten ihnen, dass Menschen zum Beispiel immer noch mit

Kondomen verhüteten oder sie viele Erbseneintöpfe im Klo runterspülten. Manchmal kamen auch Schnuller, Spielzeuge oder ähnliches vorbei geschwommen. Das Beste war, wenn sie eine Plastiktüte sahen. Mit erfreulichen Substanzen versteht sich natürlich.

Die armen Menschen dort oben! Bevor sie endlich glücklich werden konnten mit ihren Pulvern, Tabletten oder Pflanzen, mussten sie sie in der Toilette hinunterspülen, aus Angst erwischt zu werden. Pech für sie, Glück für Ronja, Kalle und manchmal auch Milo. Auch der Hund bekam manchmal etwas von dem beruhigenden Zeug.

Heute war ein sonniger Tag und meine Augen mussten sich erst an die Dunkelheit hier unten gewöhnen. Langsam und vorsichtig stieg ich die Treppe unter der Gullyöffnung hinunter. Den Kuchen balancierte ich geschickt in meiner rechten Hand hinab. Als ich unten angekommen war, musste ich erst mal anhalten und warten, bis sich langsam Konturen anfingen abzuzeichnen. Ich schaute aufmerksam. Erst war alles nur schwarz. Nur langsam, sehr langsam teilte sich die einheitlich schwarze Fläche in unterschiedliche schwarz, braun und grau Töne auf, und ich begann die unterschiedlich langen Rohre erahnen zu können. Unter meiner Gummiplastikschicht wurde es warm und schwitzig. All die Ausdünstungen meines Körpers klebten an mir, und ich musste aufpassen, dass das gespannte Gummi nicht riss. Sobald ich lauter mit meinen Gummistiefeln ins Wasser schritt, hörte ich es quietschen und piepsen. Die Rattenfamilien scheuten und flohen in alle Richtungen. Manchmal rannten sie dabei gegen meine Beine. Früher schrie ich dann oft auf, doch heute empfand ich sie als meine Freunde. Ich konnte sie willkommen heißen.

Gerade war wieder einer dieser Momente, an dem ich die Welt als Geschenk sehen konnte. Auch wenn meine schmerzende Hand mich daran erinnerte, dass dies vor wenigen Stunden noch ganz anders aussah. Trotzdem fühlte ich mich nun aufgehoben. Ich schloss die Augen und folgte der Stromrichtung bis ich vor einer Kuhle stand. Hier musste ich einmal durchtauchen, um in ein Rohr unter dem Wasser zu gelangen. Ich presste Augen und Mund zusammen, um bloß keinen Fäkalschlamm einzuatmen, was eigentlich paradox ist, da in mir genau dieses Gebräu hergestellt wurde, aber aus einem komischen Gefühl des Ekels wollte ich es doch nicht in mir aufnehmen. Obwohl ich mich erinnern konnte, bei meinem Nachbarn die Meerschweinchen immer mit ihrer eigenen Kacke gefüttert zu haben, war ich noch nicht bereit, fremde Kacke zu essen. Da fiel mir ein, dass das bestimmt eine nachhaltige und umweltfreundliche Ernährungsart wäre. Es wäre praktisch wie ein Wiederkäuen der Nahrung. Außerdem wusste ich, dass jedes Wesen immer ein bisschen unverwertete Biomasse ausschied, die nun nochmal durch den Körper gehen könnte und somit mehr Energie gewonnen würde als bei nur „einmal durchlaufender Nahrung". Nachdem ich diesen, mich zum Schmunzeln bringenden Gedanken zu Ende gedacht hatte, hörte ich die Stimmen meiner Freunde.

Sie spielten mal wieder „ich sehe was, was du nicht siehst". Als sie mich erahnten, wurden ihre Stimmen aufgeregter und beide riefen gleichzeitig: „Ich sehe was, was du nicht siehst und das sieht aus wie Runa." Wie sehr erfreuten die Stimmen meiner Freunde mein Herz und es begann sich eine wohlige Wärme in mir auszubreiten, die noch intensiver wurde, als ich beide umarmte. Aufs Tiefste verbunden fühlte ich mich mit diesen beiden Wesen. Ihre Gesichter erhellten sich, und wir wurden stiller und genossen die Nähe und Wärme. Nach einigen Seufzern und Zärtlichkeiten schauten wir uns in die Augen. Ich vermochte nicht genau zu sagen, wo ihre Augen waren, doch als ich das Weiß um ihre Iris entdeckte, las ich in ihnen das, was sie mir zeigen wollten: Ich spürte die tiefe Liebe, welche sie mir entgegenbrachten, aber auch einen leichten Hauch von Scheu und Distanz. Ronjas Augen sprachen sogar ein wenig die Sprache der Angst und Einsamkeit. Lange sog ich ihre Gefühle in mir auf, ohne mich von ihnen verführen zu lassen. Rein wollte ich heute bleiben, auch wenn es jedes Mal eine Herausforderung war, mich nicht von meinen geliebten Menschen triggern zu lassen.

„Was beunruhigt dein Herz?" fragte ich Ronja, nachdem Zeit verflossen war. „Ich vermisse den Gesang des Lebens. Auch wenn es hier manchmal Geräusche gibt, klingt das Leben doch nicht in seinen schönsten Tönen." „Warum gehst du dann nicht hoch?" flüsterte ich. Ich wusste, dass diese Frage schwer zu beantworten war. Zu lange waren die beide schon abgetaucht, um sich dieser Frage stellen zu wollen. „Ich traue mich nicht. Ich und Milo können hier die Wärme leben. Wir erschaffen uns das Licht im Dunkeln. Ich habe Angst, wieder von der Hast und den Erwartungen gelockt zu werden und den Süchten der Stadt zu verfallen. Hier unten gibt es kein Aussehen, keinen Status, keine Eltern, kein reich oder arm, kein Haus. Nichts ist meins und dadurch ist so viel mehr möglich als früher." Lange hörte ich in mich und in Ronja hinein. Es stimmt, wenn alles dunkel ist, kann man selbst malen. Doch spürte ich auch, dass ihre Worte nicht ganz die Wahrheit wiedergaben. Sie band sich stark an Milo und Kalle und baute sich ihr Licht mit Hilfe von beiden auf. Sie war das Streichholz, welches sie nicht alleine angezündet bekam. Sie war angewiesen auf Milo und Kalle, um sich an deren Wärme zu reiben, um selber zu leuchten. Ich wusste, dass sie es wusste, doch verstand ich, dass sie es sich schwer einzugestehen vermochte.

Der Weg nach unten war für Ronja eine Flucht vor ihrem Selbst, welches ihr Angst machte. Hier unten konnten ihre Seiten, welche sie als unangenehm empfand weniger getriggert werden. Doch wenn sie ehrlich zu sich war, konnten auch hier ihre Schatten leuchten.

Kalle dagegen ging vor einigen Jahren, wir alle wissen nicht genau wann, aus einer tiefen Liebe nach unten. Er wollte der Erde näher sein. Er liebte das Licht und die Dunkelheit. Doch er verspürte eines Gewitterabends den Impuls, länger im Untergrund zu leben und das Licht für eine Zeit zu meiden, um sein eigenes Licht zu finden. Ihm schien es besser hier unten zu gehen, zumindest konnte ich dies aus seinen Augen lesen.

„Willst du nicht mal bei uns pennen?" fragte Kalle mich. „Eigentlich ja", erwiderte ich, „doch ich weiß nicht, ob mein Herz dazu bereit ist." - „Du bist immer herzlich eingeladen. Wenn man erst mal anfängt, in einer kleinen Gruppe hier zu schlafen, geschieht es nicht so schnell, dass man den Verstand verliert. So wie es damals bei Paulo war, der schreiend und sich selbst zerstörend umherlief", erwiderte Kalle. Als Kalle die Worte den Verstand verlieren aussprach, regten diese in mir ein Verlangen genau nach diesem Zustand. Ich wollte einmal nicht mehr funktionieren müssen und meinem wahrem Ich begegnen. Ich wollte nicht weiter in Rationalistan leben, sondern mich auf nach Emotionien machen.

Diesen Wunsch verspürte ich schon so lange ich denken konnte. Ich wollte ihn in vollen Straßenbahnen schreien können, so wie ein kleines Baby, wenn es sich danach fühlt.

Ich wollte all meinen Impulsen nachgeben und vielleicht war dies der Ort, an dem ich meine geschundene Seele befreien könnte. Vielleicht aber auch nicht. Wissen tue ich es erst, wenn ich es versuche. „Ich verspreche euch, dass ich eines Tages komme. Ich will mich neu entdecken. Ich sehe, dass ihr viel hier unten lernt. Doch ist es jetzt noch nicht der richtige Zeitpunkt zu gehen", entgegnete ich und fügte hinzu: „Außerdem habe ich mir einmal vorgenommen, nie aus einer Flucht einen Ort zu verlassen, sondern nur aus Liebe. Ich möchte mich noch mit dem Sonnenlicht anfreunden, bevor ich ihm auf Wiedersehen sage." Mit diesen Gedanken legte ich mich in die Arme meiner Freunde bis uns die Stimmen in unseren Köpfen voneinander ablenkten und uns langsam voneinander trennten. Ich hatte Hunger. Mein Bauch knurrte und murrte. Er wollte mit mir sprechen, und bevor ich den Kuchen, der für die beiden bestimmt war, aufaß, umarmte ich beide nochmals und ging mit einem verwirrten Gefühl in Richtung Gullydeckel.

 Ich lag fast stumm auf meinem Bett. Nur mein Atem hinterließ sachte Geräusche. Ich fühlte die Schwere der Anziehungskraft, welche mich in meine Matratze sinken ließ. Ich fühlte meine Muskeln manchmal unkontrolliert zucken und meinen Brustkorb sich heben und senken. Draußen fuhren die Autos. Ein Kind weinte, ein Hund bellte, ein Baum wurde getötet und ich hörte seinen stummen Ruf, der von der lauten Säge fast übertönt wurde. In mir drin blubberte und rumorte es, mein Magen hatte mit der Gemüsepfanne anscheinend ordentlich etwas zu tun. Ich versuchte so zu tun, als ob ich schlafen würden, bis ich irgendwann tatsächlich sachte von der Traumwelt entführt wurde. Nie hatte ich diesen Moment zu fassen gekriegt, und wenn ich ihn gefasst hatte, war ich dadurch wieder aufgewacht. Manchmal, wenn mein Verstand sich schon langsam verabschiedete und aus der Tür gehen wollte, dann rief ich ihn noch einmal zurück, um den Moment mit ihm zu fassen. Oft sah ich dann verschobene Bilder entgleiten. Gerade hatte ich anscheinend an ein Pferd auf Stelzen gedacht, welches versuchte, auf einen Baum zu klettern. Ich musste lachen. Anscheinend war das der Müll meines Unterbewusstseins. Ich produzierte Bilder, die ich vergaß zu bewerten, wenn mein Verstand sich verabschiedete. Langsam ließ ich ihn gehen. Der Verstand verabschiedete sich und damit jegliches Zeitgefühl, und ich schlief nun wirklich ein.

Am nächsten Morgen fuhr ich verwirrt hoch. Ich hatte mir im Schlaf einen Blumenstrauß auf mein Kopfkissen geschüttet. Alles war nass, und ich versuchte, die vom Schreck eingesogenen Tulpenblätter aus meinem Mund zu entfernen. Was könnte ich geträumt haben, dass ich so hektisch den Blumenstrauß umgestoßen habe? Für kurze Zeit tauchten Bilder in meinem Kopf auf. Begleitet von Gefühlen: Fallen, Blau, Angst, Schreie, Steine, Schwarz, Leere, Leere, Leere. Ich versuchte sie zu ordnen, was war davor geschehen? Hatte man mich von dieser Klippe geschubst, oder bin ich selbst gefallen? Fetzen tauchten auf, ich puzzelte sie zusammen und sagte mir meinen Traum selber laut vor. Eines Tages hatte ich festgestellt, dass es mir so gelingt, einen Traum vom Unbewussten ins Bewusstsein zu holen.

Nachdem ich den Traum „abgespeichert" hatte, stand ich auf und zog meine schwarze Yogahose an. Obenrum trug ich Pullis, die ich vor ein paar Tagen auf den Straßen rund um den Bahnhof gefunden hatte. Meine immer verknoteten Haare kämmte ich mit meinen Fingern und lächelte mir schüchtern im Spiegel zu. „Was soll ich heute tun?", schoss es durch den Kopf.

Stellten sich diese Frage eigentlich auch Tiere? Oder leben die immer im Flow, so wie die Hippies ihren „Idealzustand" beschreiben?

Vielleicht würde dieser Zustand sich mir eröffnen, wenn ich noch Beeren sammeln, Kleider nähen, Kräuter trocknen und zehn Kinder großziehen würde, da ich dann noch mit meinen ursprünglichen Aufgaben beschäftigt wäre. Aber in unser Zeit, in der das Geld das Tauschobjekt geworden und mein Essen durch hundert verschiedene Hände geht, bin ich mir nicht sicher, inwieweit ich zum Flow komme und mich von meinen Intuitionen, Instinkten und Bauchgefühl leiten lassen kann.

Die Sonne schien durch die gelblichen Gardinen und berührt mein Gesicht. Ich wurde von ihr gleich elektrisiert und fühlte neues Leben durch mich hindurch strömen. Deshalb schmierte ich mir zwei Brote, kochte Tee und nahm die schon weichen Birnen mit, um aus der Stadt hinaus in den Wald zu fahren.

Als ich die Tür aufmachte, wehte mir eisiger Wind ins Gesicht, der mich fast wieder ins Haus getrieben hätte, aber ich schenkte mir und dem Leben ein Lächeln und lief weiter.

Die Türen der U-Bahn gingen auf und zu und Menschen aus unterschiedlichen Realitäten betraten den Wagon. Ich malte mir ihre Geschichten aus, lächelte über die Angst der Menschen, sich in die Augen zu schauen und wurde traurig, wie wenig Aufmerksamkeit die Eltern ihren Kindern schenkten. Irgendwann merkte ich, wie sich mein Herz mehr und mehr verschloss. Als dann auch noch zwei Obdachlose in die Bahn kamen, nach Geld fragten und von reichen Aktentaschenmenschen ignoriert wurden, zog ich mir voller Scham die Kapuze über den Kopf. Denn ich kannte all diese

Gefühle, die ich hier in der Bahn sah, in mir selbst nur zu gut: den Hochmut, die Eifersucht, Machtgier und Herzlosigkeit. Ich kämpfte nur oft gegen sie an und musste mir deswegen manchmal krampfhaft beweisen, dass ich ein liebenswerter Mensch war, der gerne teilt. So zog ich mein Kleingeld aus der Tasche und gab es, ohne es abzuzählen, dem Menschen, der vor mir stand.

Als die Obdachlosen, die nach Urin rochen, die U-Bahn verließen, schaute ich hinter meiner Kapuze auf. Ich sah wieder die anderen Fahrgäste. Fast alle verschanzten sich hinter ihren Zeitungen, Handys, Sonnenbrillen und Masken. „Nur bloß in seiner eigenen Bubble bleiben", war anscheinend ein Gedanke, der nicht nur mich beschäftigte.

War diese Welt zu brutal, um mit offenem Herzen durch sie hindurch zu gehen? Ich wollte und konnte diesem Gedanken nicht zustimmen und um diese Kälte wieder aufzubrechen, streifte ich meine Kapuze vom Kopf und versuchte Offenheit und Wärme auszustrahlen. Erst versuchte ich es nur, doch nach einiger Zeit kam es wahrhaftig von meinem Herzen und als dies passierte, bekam ich ähnliche Herzensblicke zugeworfen.

Es ist so schön zu sehen und darauf zu vertrauen, dass ich der Spiegel der Welt bin und die anderen der Spiegel meiner Welt. Ich sollte nur hinein schauen, mich trauen wahrlich zu fühlen, von Herz zu Herz.

Als ich endlich aus dem Fenster der U-Bahn die ersten Wälder und nicht nur Parks sah, öffnete sich mein Herz noch weiter und ich verließ die Bahn vergnügt mit einem kleinen Freiheitssprung.

Das Kind hinter mir tat das gleiche und wir freuten uns beide sehr. Die Mutter schimpfte gleich, dass sie aufpassen solle, nicht in die Spalte zwischen Zug und Bahnsteigkante zu fallen. Doch wir beide grinsten einander geheimnisvoll an und gingen in verschiedene Richtungen.

Ich merkte wie sich mein Gesicht entspannte. Ich machte keine Mimik mehr und ich fühlte eine Kraft zwischen meinen Augenbrauen sich entfalten. Langsam fiel mehr und mehr Anspannung von mir und ich fühlte mich, als hätte ich einen schweren Rucksack ausgezogen. Ich hörte den Vögeln zu und atmete tief in meinen ganzen Körper hinein. Wenn ich einatmete, atmete die Erde aus. Ich spürte die Erde unter meinen Füßen und zog meine Schuhe aus. Das Piksen an meiner Fußsohle brachte mich in den gegenwärtigen Moment und ich lief langsam über das Laub. Die Kälte an meinen Füßen und in meiner Lunge breitete sich aus. Es war schön mich so zu spüren. Knorrige alte Bäume säumten meinen Weg und ein Baum rief mich auf magische Weise zu sich.

Lange berührte ich seine Rinde und spürte die Energie von mir in ihn fließen und von ihm in mich fließen. Wir waren, nein, wir sind auf ewig verbunden. Das fühlten wir beide. „Danke schönes Wesen, danke Mutter Erde, dass du dich so gut um uns, deine Kinder, sorgst." sprach das Göttliche in mir und aus mir heraus. „Danke, dass ich diese menschliche Erfahrung machen darf und danke für alles was passiert und nicht passiert." Ich fühlte auch von dem Baum ein tiefes Verständnis ausgehen und lachte mit ihm gemeinsam als der Wind durch seine Äste wehte. Wie wunderschön mich der Wald doch erdet und mit dem Wesentlichen verbindet.

Federnd lief ich weiter und während ich mal lief, mal vor Freude sprang oder in Gedanken versunken schlurfte spürte ich, dass sich eine Präsenz von großer Weisheit näherte. Ich schaute vom Boden auf und blickte in die blaugrauen Augen eines alten Mannes.

Er hatte Haut wie die Rinde des Baumes, den ich gerade angefasst hatte. Sein Bart und sein weißgraues Haar waren lang und rahmten sein Gesicht ein. Seine Falten waren wie Striche eines Gemäldes oder auch Furchen durch die Haut, die sein Gesicht lächeln ließen. An seinem rechten Ohr hing ein goldener Ring, der beim Gehen baumelte. Das Ohrloch war groß und durch all die Jahre ausgeleiert, als hätte daran schon viel gehangen. Es war ein weiser Mann, so wie man sich ihn vorstellte und natürlich war alles an seinem Körper gealtert, bis auf seine Augen, die so strahlten wie die Augen des Kindes, welches mir noch vor einiger Zeit zu gegrinst hatte. Wellen seiner starken Präsenz erfüllten mich und ich spürte, wie sich unsere Energiefelder miteinander langsam verbanden. Dieser Mensch war eine Erscheinung und unsere Begegnung außerhalb der Zeit. Als wir uns näherkamen, teilte er mit mir seine tiefe Ruhe und in mir legte sich die letzte Brise. Auch ich steckte ihn an mit meiner noch jung sprudelnden Lebensenergie.

Es kribbelte in mir und es stieg ein Lachen auf, welches sich langsam aufbaute wie bei einem Sturm. Erst fingen die Augen an zu lächeln, danach folgten die Mundwinkel, die ganzen Wangen formten sich neu und dann stieg der erste Gluckser auf.

Das wellenhafte Lachen breitete sich tief aus dem Bauch in alle Regionen des Herzens und des Körpers aus. Ich versteckte nichts meines Gefühlsausbruches und wie ich erst ein paar Sekunden später realisierte, ging es dem schönen Wesen vor mir genauso. Auch er schüttelte sich vor Lachen und bald darauf musste ich über seine Lache lachen und er über meine bis die Wellen der Energie durch uns beide im gleichen Takt flossen. Als wir beide uns wieder beruhigten, schüttelte ich noch die letzte Welle der Ekstase aus meinem Körper.

Es breitete sich wieder diese wunderschöne Stille in mir und ihm aus und nach kurzer Zeit hielt er liebevoll und fragend seine Arme auseinander.

Ja ich wollte mit all meinem Herzen die Liebe in Person umarmen und kam langsam näher und umarmte ihn lange und fest. Manchmal kamen Menschen an uns vorbei oder ich hörte von weitem Hundegebell. Doch in dieser zeitlosen Blase, in der ich mich befand, waren diese Geräusche nur Hintergrundmusik.

Denn es geschah etwas so Tiefes, welches ich nur schwer in Worte fassen konnte.

Vielleicht kann man es beschreiben, in dem man sagt: In diesem Augenblick verschmolzen die Realitäten von zwei Menschen, die einander mit offenen Herzen begegneten. Seele und Körper zweier Wesen formten eine neue Realität und ich konnte nicht mehr mit Gewissheit sagen, wo ich aufhörte und wo ich anfing.

Ich ließ mich komplett fallen. Alles, was ich glaubte, was mich ausmachte, fiel ab und ich war in diesem Augenblick so vollkommen mit der Quelle verbunden, dass ich mich an nichts mehr wirklich erinnern konnte. Als wir uns langsam voneinander lösten und uns tief voreinander verneigten, dankte ich mir, ihm und allem und stellte fest, dass dazwischen kein Unterschied mehr bestand.

In mir stieg das Bedürfnis auf, zu gehen und dem folgte ich ohne darüber nachzudenken.

Danach habe ich diesen Menschen nie wieder getroffen, der bis heute nur der alte weise Mann in meinen Gedanken genannt wird. Falls du das nun liest, sei dir bewusst, ich liebe dich. Doch ich glaube, das weißt du.

Als ich in Liebe weiterlief und die Vögel, Gerüche, Farben, Bäume klarer als sonst wahrnahm, kam ich langsam wieder in der Welt der Formen an.

Als ich meinen Gedanken wieder mehr Macht gab, fing ich an mich zu ärgern, dass ich ihn nicht nach seinem Namen oder Adresse gefragt habe. Selten hatte ich das Gefühl mit jemanden so verbunden zu sein, wie ich mich es mit ihm fühlte.

Doch dann lächelte ich und realisierte, dass in dieser Begegnung keinerlei Bedürfnis dagewesen war. Es gab nur das Jetzt und kein Später und ich hatte mit all meiner Energie diesen Moment genossen. Wir waren uns keine Worte schuldig. Da seine Augen mir jede Antwort auf jede Frage offenbarten.

Ab diesem Tag wusste ich, dass es möglich ist, zu verschmelzen ohne dafür irgendetwas zu tun. Allein sein Energiefeld hat mich schon in sich aufgenommen gehabt, bevor wir uns überhaupt umarmt hatten.

An diesem Tag wanderte ich so lange, bis ich nicht mehr wusste, wo ich war. Ich lief noch bis nach Einbruch der Dunkelheit und darüber hinaus, bis der Mond hinter einer Wolke verschwand und ich müde wurde. „Herz wo fühlst du dich wohl, wo wollen wir heute Nacht schlafen?" fragte ich mein Herz und mein Herz zog mich einen Hügel hoch und zu einer Stelle zwischen zwei umgefallenen Bäumen. Ich lächelte und wusste, dass ich mir und diesem Ort zutiefst vertrauen konnte und schlief ein.

Manchmal wachte ich in der Nacht verschreckt auf, weil sich irgendwo ein Tier bewegt hatte. Kurz musste ich mich selber in den Arm nehmen, um mich zu beruhigen. Doch als ich zum Sternenhimmel schaute und realisierte, dass ich als Kind des Universums geliebt wurde und alles für mich und meinen Weg geschah und nichts gegen mich, beruhigte ich mich wieder und genoss alle Geräusche und kuschelte mich selber in den Schlaf.

Ich war dankbar für meine vielen Schichten Kleidung und den Tee, den ich beim Aufwachen trank und lächelte mir und der Welt zu. Ich war wieder mit mir und Mutter Erde verbunden. Dies war geschehen, weil ich wieder vertraute und mit diesem Vertrauen meine Komfortzone sprengte, um in der Freiheit baden zu können. Ich realisierte, dass ich hier zwischen all den Bäumen viel mehr Komfort fand. Ich schaute mich lange einfach nur um, grub meine Hände in die Erde, roch an meinen erdigen Fingern und überlegte wie lange ich nach Hause brauchen würde. Ich wusste noch die ungefähre Richtung, nämlich Nord Osten. Wenn ich nun querfeldein in diese Richtung gehen würde, müsste ich irgendwann wieder in die Zivilisation gelangen. Als ich aufstand verneigte ich mich vor meinem Schlafplatz, dankte den Bäumen für ihre schützende Präsens und lief los in die vorher überlegte Richtung.

Als ich wieder in der U-Bahn saß, fühlte ich mich so viel lebendiger als gestern. Ich hatte mich wieder ins Gleisgewicht mit mir und der Erde gebracht und genoss die vorbeiziehende Landschaft. Als ich ausstieg, kaufte ich einer Obdachlosen eine Capri-Sonne, die ich zwar nie trinken würde, sie sich dies aber immer, wenn ich ihr begegnete, wünschte. Ich tat es von meinem Herzen und nicht, um mir zu beweisen, dass ich ein guter Mensch war und ging vergnügt durch die Straßen.

Als ich über die Gullydeckel lief, dachte ich wieder an vorgestern und an Kalle und Ronja. Würde ich mich dort unten wohler fühlen als hier oben? Wären sie überhaupt bereit, mich für längere Zeit aufzunehmen? Immerhin hatten sie mich ja nur für eine Nacht eingeladen.

Beim Nachdenken über diese Fragen wurde mir klar, dass ich, wenn ich nach unten gehen würde, um dort zu leben, nicht bei ihnen sein wollte. Sie waren seit Jahren aneinander gewöhnt und ich verfolgte die Strategie: Entweder ganz oder gar nicht. Das heißt, ich entschied mich häufig nur zwischen Extremen und dieses Extrem, in der Kanalisation zu leben, müsste ich schon alleine durchziehen, um wirklich im Dunkeln zu meinem wahren Kern zu finden. Ich lief durch die vollen Straßen und traf einige bekannte Gesichter, mit denen ich mich kurz über unser Leben unterhielt. Dabei musste ich feststellen, dass manchmal gar nichts zu sagen, viel verbindender ist.

Doch die meisten Menschen wollten reden und so sagte ich das, was sie von mir hören wollten. Als ich in eine Nebenstraße einbog, hörte ich Musik, erst leiser, dann immer lauter. Je weiter ich ging desto mehr merkte ich, dass ich die Person, die dort sang, liebte.

Die Stimme entsprang nicht im Kopf, sondern tief im Herzen und die Gitarre untermalte dabei all seine Gefühle. Als ich ihm gegenüber stand, lehnte ich mich gegen die Schaufensterscheibe und glitt bei jedem Lied langsam immer mehr zum Boden hinab. Ich merkte es kaum, doch als ich schließlich auf dem Gehweg saß, musste ich lächeln. So versunken war ich in der Stimme dieses schönen Menschen, dass ich die Erdanziehungskraft anscheinend vergessen hatte.

Ich erwachte erst, als mein Magen knurrte und ich mir eine Falafel holte und das übrig gebliebene Geld vor ihm in seine Gitarrenhülle fallen ließ. Wir schauten uns in die Augen und in diesem Moment fühlte ich, dass auch wir unsere Energiefelder mit Freude öffneten und einander hereinließen. „Woher kommst du?" fragte er auf Englisch und ich sagte: „Von dieser Welt." und er lachte. Ich verbesserte mich: „Eigentlich gerade aus dem Wald." Die anderen Menschen kamen auf ihn zu und bedankten sich bei ihm. „Wow, schreibst du deine Lieder selber?" - „Das eine hat genau zu der Beziehung zu mir und meiner Oma gepasst. Ich hatte Tränen in den Augen!" - „Spielst du auch manchmal in Bars?" hörte ich die Zuhörer den schönen Menschen mit Worten und Gefühlen überschwemmen. Ich trat zurück und lehnte mich wieder gegen die Schaufensterscheibe. Ich sah dem Treiben der beschäftigten Menschen zu. Alle hatten ein Ziel. Aber das Ziel war nicht das Jetzt, sondern irgendein Laden, Termin, öffentliches Verkehrsmittel und so wollten sie sich meiner nicht annehmen. Das war aber okay. Ich wusste, dass auch ich gerade auf etwas wartete, nämlich das Gespräch mit diesem Menschen vor mir fortzuführen.

Ich hörte ihn verlegen lachen und einige Menschen umarmen und freute mich, dass er seine Musik bedingungslos auf der Straße teilte. Könnte ich ein Instrument spielen, würde ich liebend gern gleiches tun.

Als sich der letzte Begeisterte verabschiedete und er seine Gitarre eingepackt hatte, guckte er sich fragend um und lachte, als er mich noch sah. Selbstbewusst und so als ob er dies jeden Tag tat, fragte er mich, ob wir noch irgendwo etwas trinken gehen wollten. Ich nickte und lächelte in mich hinein und aus mir heraus.

Wir gingen zu meiner Lieblingsbar mit vielen antiken Sofas und außerirdischer Musik. Ich fühlte, dass ich mich sehr von diesem Menschen, der Luc hieß, angezogen fühlte. Ich wusste wir beide gehören zusammen und ich fühlte mich mit ihm auf allen Ebenen verbunden: Spirituell, seelisch und körperlich. „Ich reise umher und fühle mich hier in dieser Stadt gerade sehr zu Hause. Somit komme ich auch von der Welt, doch ich finde es ist auch eine legitime Frage zu fragen, wo man gebürtig herkommt, denn der Charakter hat doch schon viel mit der Kultur des eigenen Landes zu tun, oder?" fragte er mich gerade und riss mich aus meinen Gedanken. „Ja, das stimmt. Ich komme also von einem Teil der Erde, der sich Deutschland nennt." antwortete ich. Manchmal mochte ich einfach keine rationalen Fragen und so antwortete ich ihm auch provokant: „Wenn du mich gleich fragen willst, wer ich bin, muss ich dir sagen, dass ich es nicht weiß und falls du mein Alter wissen willst: Mein Körper ist 22 Jahre alt."

Er lachte und meinte: „Es kommt selten vor, dass Menschen noch eigenartigere Antworten auf Fragen wissen als ich selbst. Doch ich werde mir diese Antworten notieren, denn sie liegen näher an der Wahrheit als die Standardantworten." Ich fragte ihn wie er gerade reise und er antwortete: „Ich trampe seit ein paar Monaten, doch diese Stadt gefällt mir. Die Menschen sind leichter aus ihrem Alltagstrott zu bekommen und haben dann auch noch viel Geld, dass sie mit mir teilen wollen. Ich reise nämlich für gewöhnlich nur von dem Geld, was ich auf der Straße verdiene und da mein Rucksack vor zwei Monaten mit meinem Zelt darin in Portugal geklaut wurde, schlafe ich im Moment in einem verlassenen Bürogebäude etwas außerhalb der Innenstadt."

Schon als er das gesagt hatte, wollte ich ihn zu mir in die Wohnung einladen. Doch ich wollte nicht den Eindruck erwecken, als sei es mir sehr wichtig, dass er mit mir komme. Somit sagte ich nichts, trank meinen Tee und hörte mir an, was er mir zu erzählen hatte. Und er hatte viel zu erzählen: Über seine Ex-Freundin, die Trennung, die Ängste auf einer so turbulenten Reise, seinen Zugang zur Musik und seiner Verbindung zu Alkohol. Wir lebten in unterschiedlichen Welten und doch überschnitten sie sich auf eine wunderschöne Weise, denn im Kern sehnten wir uns beide nach Wärme und einem Grund anzuhalten, einen Grund weiter zu leben.

„Als ich auf Reisen war, merkte ich oft, dass ich von einer Energie getrieben wurde, die nach Liebe suchte. Ich glaube das tun alle. Wir können die Liebe in der Natur, in uns selbst, in der Familie oder alten Freunden finden, doch finden wir die am meisten süchtig machende Liebe oft in einem Menschen, in den wir uns verlieben. Wir fahren hinauf auf hohe See, wir schaukeln, wanken und sind betrunken von der Liebe, so dass wir das, was um uns geschieht nur gedämpft wahrnehmen können. Erst wenn die Illusion der großen Liebe zerfällt und beide wieder alleine schwimmen, fällt mir auf, dass ich mit fremden Segeln gefahren bin und dass das einzig wahre Boot nur vom Wind der Selbstliebe lange fahren kann." sagte ich und war selber überrascht von meiner schönen Metapher. „Warum hast du das erst auf Reisen gemerkt?" „Weil ich dort unterbewusst etwas gesucht habe, was mich weiterziehen lassen hat und habe ich mich dann verliebt, gab es keinen Grund mehr für mich weiter zu ziehen. Doch das hat mir Angst gemacht: diese Abhängigkeit. Nach jedem Abschiedsschmerz wollte ich mich dann erst einmal nicht wieder binden und die Liebe wieder mehr in mir, Mutter Erde und dem Leben finden." Ich wollte noch nicht sagen, dass das auch mein Grund war, in die Kanalisation zu steigen. Ich suchte einen Ort, an dem es kein äußerliches Drama gab und ich nicht meinen Mangel auf andere Personen projizieren konnte. Doch Luc schaute mich an als würde er mich nicht ganz verstehen und sagte, dass es bei ihm lange dauern würde, bis er sich verliebe. Er habe vielleicht schon mehr sein eigenes Schiff gebaut und könne einfacher mit jemanden zusammen segeln und trotzdem noch in seinem eigenen Boot bleiben. „Das ist bewundernswert und die Voraussetzung wahrlich zu lieben." sagte ich gedankenverloren. Als ich zu gähnen begann, lächelte er und sagte, er würde nun zu seinem Schlafplatz gehen und ob ich ihn nicht mal dort besuchen wolle.

„Ja klar, soll ich morgen mit einem Abendbrot vorbeischauen?" - „Gerne, ich habe keine Uhr, aber wenn die Sonne untergeht, bin ich auf jeden Fall mit meiner Straßenmusik fertig und du kannst gerne kommen." Ich merkte wie sehr sich mein Herz freute, ihn morgen wieder sehen zu können.

Als ich zu Hause war und wieder in meinem Bett ohne Waldgeräusche lag, dachte ich über die unterschiedlichen Arten zu lieben nach und wie schön es war, dass all das trotzdem die eine Liebe war, die sich nur unterschiedlich in verschiedenen Momenten offenbarte.

Nur hoffte ich sehr, dass ich in meinem Boot bleiben könne und trotzdem mit Luc ein wenig zusammen segeln könnte. Doch das Gefühl, was Luc in mir auslöste, war aufregender und damit verunsichernder als das Gefühl, welches ich beispielsweise mit dem alten weisen Mann teilte. Ich hatte Angst mich darin zu verlieren. Oft geschah es schon, dass die romantische Liebe mich auf wundersame Weise mit meiner geliebten Person verband, doch die Verbindung schien so stark, dass ich die Verbundenheit zu mir verlor. Es war wie Zucker, es konnte süchtig machen, meine Gefühle für kurze Zeit heben. Doch sobald der schnell angestiegene Cholesterinspiegel wieder ins Minus fiel, brauchte ich mehr um glücklich zu sein. Und wenn ich zu mir ehrlich war, konnte ich es schon bei unserem ersten Treffen beobachten, wie ich mich selbst langsam in Luc verlor. Doch das wollte ich mir damals noch nicht eingestehen.

Am nächsten Morgen machte ich ukrainische Musik an, die mich mit Energie durchflutete und ich getanzt wurde anstatt selbst zu tanzen. Ich schrie, stampfte und flog am Ende voller Erschöpfung in das weiche Bett. Es tat gut zu wissen, heute etwas vor zu haben. Manchmal brauchte ich diese Verabredungen, die mir einen Halt gaben, sodass ich mich in der ganzen freien Zeit nicht verirrte.

Außerdem freute es mich sehr, für jemanden etwas Gutes zu tun, denn ich kannte das Gefühl nur zu gut, in Städten anzukommen, wo ich niemanden kannte, aber zu vertrauen, dass man gesehen wird und Menschen mit einem Zeit teilen wollten. Viel bin ich mit meinem kleinen Rucksack losgereist, ohne zu wissen wohin. Dabei habe ich vor allem in den Städten immer viele Herzensmenschen getroffen, die ihre Wohnung, Essen und ihre Energie und Geschichten mit mir teilten.

Genau das vermisste ich, diese vielen spontanen, innigen, vertrauensvollen Begegnungen, die ich hatte, wenn ich fast nichts besaß. Das Leben wird langweiliger, wenn man weiß, wo man schläft, Essen bekommt und wo die Freunde wohnen. Die letzten Tage haben mir aber wieder gezeigt wie wunderschön es ist einen festen Schlafplatz zu haben und das spontane Umherwandern zu verknüpfen.

Somit kochte und backte ich vergnügt für heute Abend. Und als ich fertig war und die Sonne gerade erst ihren höchsten Punkt erreicht hatte, entschied ich mich schon jetzt loszugehen. Ich konnte ja nicht wissen, was draußen noch auf mich wartete.

Ich legte mich auf eine Parkwiese, genoss die Sonne und ließ mich von ihr umhüllen, bis sie mich so umschlossen hielt, dass ich einschlief und erst von einem Hund wieder geweckt wurde, der meiner Freundin Isa gehörte. Sie lachte und meinte: „Ach Runa, kann man dich auch einmal treffen während du normale Dinge tust?" - „Warum? Ich schlafe doch ganz normal wie andere Menschen auch", entgegnete ich. „Aber du schläfst mitten im Park und nicht in deinem Bett." Ich lachte und sie lud mich zu der nächsten Tauschparty bei sich zu Hause ein und ich versuchte, mir den Termin zu merken und verabschiedete mich von ihr.

Dadurch, dass ich so mitten am Tag geschlafen hatte, fühlte alles ein bisschen gedämpft. Ich entschied mich, den Schlaf aus meinen Gliedern zu schütteln. Irgendwie brauchte ich etwas Erfrischendes, was mir den Schlaf aus den Augen trieb und somit lief ich zum nächsten See und sprang nackt herein. Genau das war es, was ich brauchte. Der Moment, in dem ein jeder ins kalte Wasser springt und der Schrei, der dann folgt, erfreute mich jedes Mal so sehr, dass ich oft am Wasserrand stehen blieb, um die stark wirkenden Macker bei ihren Sprüngen zu beobachten. Ich glaube dieser Schrei ist ein Laut, den kein Mensch unterdrücken kann.

Ich glitt durch das Wasser, zog Linien in den See und fühlte mein Herz sich beruhigen. Wenn ich mich auf der Wasseroberfläche auf den Rücken legte und untertauchte, schaute ich mir die sich brechenden Sonnenstrahlen unter Wasser an. Es waren goldene Fäden, die sich im Wasser bis in die Schwärze ausbreiteten. Auch wie Engelshaare fühlten sie sich an, welche mich umhüllten und sich mit meinen Haaren vermischten. Die Haare schwebten in der Schwerelosigkeit um meinen Körper herum. Ich schaute den schimmernden Luftblasen nach, die an der Oberfläche ihre Form verloren und sich mischten mit den lauen Herbstwinden. Ich liebte es, meinen Körper zu berühren und mich so leicht und schwebend zu fühlen. Ich tauchte immer wieder in die Schwärze und hielt nach Fischen Ausschau. Die langen Algen berührten meinen Bauch und ich glitt durch sie hindurch. Mit ein paar kräftigen Fußschlägen befand ich mich auf dem Grund des Wassers, um dort mit dem Schlamm zu spielen. Ich wirbelte den Boden auf, der sich wie eine Rauchwolke einer Explosion sofort im Wasser verteilte. Als ich von dem aufwirbelnden Schlamm nichts mehr sehen konnte, tauchte ich mit einem lauten Aufatmen wieder auf. Hier unten war es ähnlich wie in der Kanalisation: wenig Licht, neue Dimensionen, keine Menschen und das Verschwinden von Raum und Zeit. Würden mir Kiemen wachsen, würde ich am Meeresgrund meine Expedition ins Unbekannte wagen.

Als die Sonne mich einige Zeit später wieder trocken wärmte, und ich mich wieder anzog, fühlte ich, dass ich mich soeben neu geboren hatte.

Ich war rein. Ich lief lange durch die Parks und Wohnanlagen, bis ich zu jenem Bürogebäude kam, welches Luc mir beschrieben hatte. Ich musste nirgends anklopfen, sondern quetschte mich einfach durch die Bauzäune und dann durch den Hintereingang, wo mich niemand von der Straße aus sehen konnte.

Ich lief durch noch nicht zu Ende gebaute Räume, in welchen die Vogelscheiße Zentimeter hoch auf dem Boden lag. Ich erschrak sehr, als einige Tauben auf einmal mit lauten

Flügelschlägen davonflogen. „Luc?", rief ich vorsichtig und bekam sogleich eine Antwort: „Jajaja, Runa bbbist du hier?" Er machte sich lustig über meine etwas ängstliche Art, doch er kam auf mich zu und umarmte mich herzlich. Er freute sich sehr, dass ich kam. Das spürte ich und sofort fühlte ich wieder diese Sehnsucht mit diesem Menschen noch intensiver zu verschmelzen. Ich wollte ihn fühlen und ich war selber überrascht von dieser Lust in mir, mit ihm schlafen zu wollen.

Häufig verspürte ich mehr Lust von meinem Gegenüber und musste dann eine Entscheidung treffen: dem anderen Menschen einen Gefallen tun, nein zu sagen oder auf meine Lust zu warten. Mit Luc war es anders. Ich empfand mich selber als zu tiefst lustvoll und im Nachhinein kann ich sagen: Mein Herz und meine Vagina wussten bei ihm schon beim allerersten Mal, als ich ihn auf der Straße sah, dass wir Puzzelteile sind, die wunderschön zusammenpassen würden.

Wir setzten uns und begannen meine selbstgemachten Gerichte auszupacken, auch er hatte noch einiges aus den Containern geholt, was wir vor uns ausbreiteten.

Nachdem wir Mutter Erde gedankt hatten und auf dem Boden niederknieten, um sie noch bewusster fühlen zu können, begannen wir zu essen und über lustige Kleinigkeiten zu reden. „Weißt du, was ich am meisten mag?" fragte er. „Wenn Kinder Geld von ihren Eltern in meine Gitarrentasche schmeißen wollen und dann aber, sobald ich sie anschaue, vor Angst zurück zu ihren Eltern rennen und sich erst mit ihrer Mutter an der Hand zu mir trauen." Ich hatte diese Situation auch schon viele Male gesehen und begann von meiner Kindheit zu erzählen, in der meine Schwester einen Popelball bauen wollte und ich mein eigenes Schneckenhotel hatte. Mir tat es gut von Belanglosem zu reden und keinen Druck zu verspüren, mich über tiefe Weisheiten zu unterhalten. Deshalb nahm ich auch dankend das Bier entgegen. Ich rauchte und trank und sah, wie ich mich selbst immer mehr verlor, mich aber bei ihm und mit ihm immer mehr fand.

Ich schlug vor, wir sollten uns gegenseitig nun alle Fragen stellen, die wir uns sonst nicht trauen würden zu stellen. Ich liebte dieses Spiel. Ich merkte selber, wo bei mir noch Schamgrenzen waren, brach diese auf und erfuhr mehr über mich und mein Gegenüber.

Bei der Frage, was ist dein heimlicher Traum, erzählte ich von meiner Expedition in die Kanalisation und meinem Wunsch nach Ruhe. Er erzählte mir, dass er gerne Stripper werden würde und einmal komplett anders als gewohnt sich erleben wollte. „Sexy Bewegungen machen, ein Show-Objekt sein und dabei nur als Hülle wahrgenommen zu werden. Das Innere wäre komplett irrelevant", schwärmte er.

Wir beide wollten also genau das Gegenteil von dem, wie wir gerade lebten, aber ich fand das auch berechtigt. Denn oft stecken wir uns selbst in Schubladen und trauen uns nicht aus ihnen heraus. Das Gegenteil auszuprobieren beweist einem selber, dass man zu allem in der Lage ist. Genau das wollte ich mir jetzt auch beweisen, denn ich fragte, ob ich heute hier schlafen könne oder ob er sich nach einem warmen Bett sehnt. „Ehrlich gesagt wäre ich gerade zu faul, noch ganz zu dir zu laufen, aber du kannst gerne hier schlafen", antwortete er mit einem Lächeln, als ob er sich sehr freute, dass ich ihn gefragt hatte.

Als wir es uns auf der Matratze gemütlich gemacht hatten und ich meine Arme ausbreitete und er sich auf meine Brust kuschelte war ich sehr glücklich. Wie sehr Körperkontakt mein Herz doch erwärmte und ich streichelte zärtlich über seinen Kopf.

Ich dachte an all die anderen Male, an denen mich Männer zu sich eingeladen hatten, nur um schnell Sex zu haben. Und nachdem sie dann gekommen waren, mich fragten, ob ich nicht doch selber ein Zuhause hätte.

Oft weiß ich nicht, ob ich als Mensch oder wegen meines Körpers begehrt werde. Um tiefere Verbundenheit zulassen zu können, muss ich mir sicher sein, dass mein Nein respektiert und ich als Mensch gesehen werde.

Oft sagte ich aus Testzwecken nein und beobachtete, wie mein Gegenüber darauf reagiert. Merke ich dann, dass er mir auch nur unterbewusst Vorwürfe macht und sich denkt, die brauche ich nicht mehr zu sehen, ist für mich klar, dass ich mit dieser Person keinen Sex mehr haben kann.

Ich bin nämlich sehr dankbar, dass Vagina und Herz bei mir miteinander verbunden und ich diese Verbindung nicht schmerzhaft gekappt habe. Wenn ich mich für jemanden öffne, öffnet sich gleichzeitig mein Herz und die Person wird mit allem, was sie ist, hineingelassen.

Oft schon wurde ich dadurch verletzt, dass meine Sexpartner/in ihr/sein Herz nicht wirklich geöffnet hatte. Deshalb spürte ich in letzter Zeit sehr genau hinein, wen ich in meinen Körper und mein Herz einladen wollte.

Doch selbst wenn ich die Stimme meines Herzens mal überhöre, dann gab es auch noch meine Vagina, die mir mit einem starken Jucken verbot, mit diesem Menschen noch einmal Sex zu haben. Also frage ich meine Vagina leise: „Wärst du bereit, diesem Menschen deine Tür zu öffnen?" Ich spürte wie sie warm und vor Vorfreude schon feucht wurde.

Ich lachte und sagte: „Ich habe meine Vagina gerade gefragt, ob sie dich in sich aufnehmen will und sie scheint begeistert von der Idee zu sein. Aber keine Angst, dass heißt nicht, dass wir auch Sex haben müssen." Erfreut über meinen eigenen Mut, meine Lust auszusprechen musste ich lachen und war dankbar für meinen Körper und seine Sprache, die ich immer besser deuten konnte.

Luc schaute mir lange in die Augen und meinte, er müsse seinen Penis auch mal fragen, aber sein Herz hat schon ja gesagt. Und als er mich nach einer Weile angrinste, sagte er: „Ich glaube nicht nur mein Penis will das, sondern mein ganzer Körper will dich fühlen" - und er begann sich auszuziehen. Auch ich streife mir die Klamotten vom Körper und wickelte mich fröstelnd in unsere ausgebreiteten Schlafsäcke.

Als Luc mich umarmte, durchfloss mich seine Wärme, und meine Wärme breitet sich von meiner Vagina bis hin über den Bauch und die Schenkel langsam aus. Wir streichelten einander zärtlich. Ich nahm sein Gesicht in meine Hände und strich langsam mit meinen Fingern über seine Bartstoppeln. Ich legte meine Stirn an seine, und er fuhr mit seiner Nase über meine Wangen. Er kreiste um meine Lippen, die ihn fühlen wollten, doch wir spielten das Spiel weiter. Kurz bevor sich unsere Lippen treffen würden, wichen wir einander aus. Dieses Spiel machte mich ganz fuchsig, und es war schön, die eigene Lust noch intensiver zu fühlen, da sie sich immer wieder aufbaute, aber sich nicht entladen konnte. Nachdem wir beide unsere Gesichter überall berührt hatten bis auf die Lippen, fanden sie sich endlich und unsere Zungen verbanden sich in einem wunderschönen Spiel zwischen Zärtlichkeit und Leidenschaft.

Ich spürte seine Wärme an meinem Körper und fühlte seine Lippen, die nach dem letzten Bier schmeckten. Meine Hände streiften über seinen Körper und ich spürte, wie er an manchen Stellen des Bauches und Halses tiefer atmete und freute mich darüber. Ich drehte Kreise auf seiner Haut und ließ meine Finger tiefer den Bauch hinab wandern. Das gleiche tat er auch bei mir, und ich fühlte, wie mein Körper immer erregter wurde, desto weiter er unter meinen Bauchnabel ging. Langsam und vorsichtig berührte ich seinen Penis und schaute ihn dabei tief in seine Augen. Er kniff die Augen ein bisschen zusammen und biss sich auf die Unterlippe. Ich genoss es, wie wir nur mit unseren Blicken und Körpern einander zeigten, was wir mochten und der andere es verstand. Als er mit seinen Händen über die inneren Seiten meiner Schenkel fuhr, öffnete ich diese mit all meiner Lust und tauchte in ein neues Universum ein. Alles passierte wie in Wellen: Mal waren die Berührungen heftiger und voller Leidenschaft und mein Körper bäumte sich auf und spannte sich an. Mal war alles wieder völlig sacht. Wir küssten uns zärtlich, hielten inne und verweilten einen Augenblick und atmeten durch. Als uns beide zur gleichen Zeit eine sehr intensive Welle hochriss und sich mein Kopf von der einen zur anderen Seite drehte, fragte er mich, ob er eindringen dürfe und ich nickte mit all dem, was zu mir gehörte. Nun vereinten sich auch noch die letzten Teile unserer Körper. Es passierte so langsam und lustvoll, dass uns beiden Seufzer entfuhren. Sein Blick war so voller Begehren und ich merkte, dass ich diesen Menschen gerade gefährlich tief in mein Herz ließ. Doch darüber wollte ich jetzt nicht nachdenken, und so zog ich seinen Kopf zu mir heran und küsste ihn mit allem, was ich gerade fühlte. Er drückt sich von der Isomatte ab und nun bewegte auch sein ganzer Körper sich in Wellen. Er berührte mich an der Klitoris, und ich konnte nicht anders als mich zu winden, es war göttlich und ich hob ab. Wir fochten einen Kampf der Lust, und unsere Körper fingen an zu zittern - mal stärker mal schwächer. Sie waren wie elektrisiert und die Energie floss in uns, mit uns, von einem zum anderen und wieder zurück. Bis die Wellen so hoch waren, dass ich mir nicht mehr vorstellen konnte, noch länger auf ihnen zu reiten. Die Welle wollte sich brechen, die Gischt wollte spritzen und tosend wieder zum glatten Wasser werden. Ich keuchte und mein Kopf drückte sich in die Isomatte, während mein ganzer Körper sich aufbäumte und ich vor geschlossenen Augen Farben sah. Als ich die Augen öffnete, sah ich wie er mit voller Lust genoss mir bei meinem Orgasmus zu zuschauen und mich dabei stärker und tiefer in sich drückte.

Als ich erschöpft zu Boden sank und nicht mehr denken konnte, stiegen mir Tränen in die Augen. Da er seinen Kopf auf meine Brust gelegt hatte und meinem sich beruhigenden Herzen zuhörte, ließ ich die Tränen fließen. Diese Erfahrung war so tief und heilsam. Ich weinte, weil mein Herz so berührt davon war, wie respektvoll Liebe machen sein konnte.

Ich wollte ihm gerne erklären, wie dankbar ich für alles war, doch ich bekam kein Wort heraus. Dann fiel mir auf, dass er gar nicht gekommen war und ich fragte mich, ob ihn das störte. Doch er lag so friedlich und glücklich auf mir, dass ich mir keine weiteren Gedanken machte. Oft hatte ich das Gefühl, etwas geben zu müssen, doch mit Luc fühlte es sich so im Flow an, dass das Geben, wozu mich sonst mein Verstand ermutigt hatte, nun ganz tief aus meinem Herzen kam.

Während ich keine Worte dafür fand, was passiert war, schlief ich langsam ein.

Am nächsten Morgen streichelten wir uns für Ewigkeiten, während die Sonne Schatten durch die Löcher warf, in die eigentlich Fenster gehörten.

Irgendwann fuhr wieder diese Unruhe in mich und die Stimme in meinem Kopf erinnerte mich daran, noch irgendetwas erledigen zu müssen, um produktiv zu sein. Ich stand auf und verabschiedete mich mit einem langen tiefen Kuss, der mich fast dazu brachte, weiter bei Luc zu bleiben.

„Ich wohne in der Kaufmannsstraße 23a, klingel einfach bei Jaguwitsch und du hast jederzeit einen Schlafplatz. Doch jetzt brauche ich ein bisschen Zeit für mich", sagte ich. - „Ich werde kommen, mach dir keine Sorgen", erwiderte er mit einem Lächeln, und ich verschwand.

Es tat mir gut, aus dem Gebäude zu treten, die Sonne in mein Gesicht scheinen zu lassen und aus der Trunkenheit der Liebe aufzuwachen. Ich fühlte zwar noch beim Laufen, dass ich schwebte und immer wieder lächeln musste, wenn meine Gedanken mich zum gestrigen Abend führten, doch brauchte ich Bewegung und Zeit, um mich aus den Wolken wieder zu erden.

Ich machte mit den Kindern Späße, die an mir vorbeizogen. Streckte meine Zunge raus, machte einige ihrer Bewegungen nach oder setzte mich selbst wieder auf die Schaukel an dem Spielplatz bei mir um die Ecke.

Die Eltern guckten verwundert, als ich mit großer Lust wieder hoch hinaus schaukelte und ich musste ein paar Freudenschreie unterdrücken, da die Eltern sonst wirklich Angst bekamen.

Ich nahm mir vor, in der Nacht zurückzukehren, um ungestört spielen zu können und freute mich schon jetzt.

Ich ließ die Schaukel schwanken und schaute mir das Spielplatzgeschehen an.

Zwei Kinder spielten Fangen und manövrierten einander im Slalom um die Spielhäuschen, in denen ein Kind saß und Sandkuchen backte, welchen seine Mutter essen sollte.

Anstatt sich wirklich zu freuen, nahm die Mutter den Sandkuchen unvorsichtig und führte ihn zu ihrem Mund, während sie zu ihrer Freundin schaute und den Sand hinter sich warf.

„Backst du mir noch einen?" fragte sie. Während sie eigentlich sagen wollte: „Lass uns bitte weiter ungestört reden." Das Kind wollte es seiner Mutter recht machen und verzierte den nächsten mit Steinen, Federn und Stöcken. Als das kleine Kind fertig war, überreichte es seiner Mama mit einem stolzen Lächeln den frisch gebackenen Kuchen. Erwartungsvoll schaute es seine Mama an, doch diese sah sich den Kuchen gar nicht an, sondern warf ihn wieder hinter sich. Dabei machte sie ein paar demonstrative Kaubewegungen und sprach weiter mit ihrer Freundin.

Die Freude und Neugier entwichen aus dem Kind heraus wie aus einem Luftballon. Es verlor die eben noch dagewesene Motivation für das Backen und fing an, im Sand zu stochern.

Ich konnte mich sehr in das Kind hineinversetzen. Wie oft hatte ich schon versucht, anderen Menschen etwas recht zu machen und es wurde nicht gewürdigt, besonders bei meinen Eltern.

Beim nächsten Mal, als mich das Kind anschaute, lächelte ich es an. Es schaute verwirrt, als ob es nicht wüsste, wie es reagieren sollte. Lange konnte es mich nicht anschauen und so schaute es schnell weg und zog an der Jacke der Mutter.

Andere Kinder neben dem Spielhäuschen versuchten ohne Erfolg, ihre Eltern zum länger bleiben zu überreden und wieder andere etwas ältere Kinder dachten sich Spiele aus, in denen man bei einem bestimmten Wort nicht den Boden berühren durfte und auf ein Spielgerät klettern musste.

Gerne hätte ich mitgespielt. Kinder erstaunten mich immer wieder und vieles habe ich schon von ihnen gelernt. Die Gruppe von Kindern spielte das Spiel mit solch einer Hingabe. Es schien als gäbe es nur dieses Spiel auf der Welt, welches gewonnen werden musste.

Ich selbst hatte meine Kindheit und damit das Staunen schnell hinter mir gelassen. Oft bekam ich zu hören, man wolle nicht mit mir spielen, da ich nicht spielen könne. Das stimmte. Ich konnte mich nicht in ihre Vater-Mutter-Kind-Spiele hineinversetzen.

Ich wollte tief reden oder auf der Kletterspinne bis nach oben klettern. Alles erdachte fand ich langweilig. Ich war noch keine Mutter und meine Schleichpferde nur aus Plastik.

Dafür war ich gut in der Schule und kümmerte mich rührend und meine Schwester, die ich bis heute Baby nenne. Ich wollte keine Hilfe und machte alles lieber allein und so kam es, dass ich meine Periode bekam und mich große Angst ergriff. Ich sollte nun erwachsen sein.

Ich weinte und schämte mich oft und flüchtete mich in den Wald. Meine ganze Kindheit war ich die, die es allen recht machen wollte. Ich redete wie eine Erwachsene und übernahm überall Verantwortung, aber dann als die anderen aufhörten zu spielen, fing ich erst richtig an.

Damals erfand ich eine neue Realität, in der es nicht diese Welt gab, in der ich mich nicht zurechtfand. Ich spielte wieder mit kleinen Kindern, half auf Bauernhöfen und verschloss die Augen vor aller Vernunft, die mir in jungen Jahren die Leichtigkeit genommen hatte. Ich schaute wieder Kinderfilme und ganz allmählich, ich bin immer noch dabei, finde ich wieder zu meiner Fantasie.

Nun konnte ich wieder träumen, ohne dabei wegschauen zu müssen. Ich ließ für einige Stunden meine mir auferlegte Identität fallen und schlüpfte in neue Rollen, in denen ich mich ebenfalls fand. Ich sah wieder die Feenwelten aus den Büchern vor mir und fühlte die Waldwesen um mich flüstern. Ich sprach wieder mit meinen Kuscheltieren und ging Laterne laufen, während ich all die schönen Kinderlieder sang. Oft kamen meine unsichtbaren Freunde wieder und ich ging mit ihnen spazieren. Ich erlaubte mir wieder Kind zu sein. Ich gestand mir ein, dass ich oft verletzlicher war, als ich es zugeben wollte. Ich folgte meinen bunten Träumen und machte die Tiere nach. Das schönste jedoch war, dass ich im klein sein keine Schwäche mehr sah. Ich konnte weinen, mit meinen Kuscheltieren reden und trotzdem eine starke und aufrichtige Frau sein. Darin kein Widerspruch zu sehen, eröffnete mir eine berauschende Freiheit.

Ich schaute hinauf, als die ersten Regentropfen auf mich fielen und dankte den Kindern, die mich an mich erinnerten.

Als ich zu Hause angekommen war, rief ich nach all den Erinnerungen meine Familie an und wir tauschten uns über die Neuigkeiten des Lebens aus.

Als ich am nächsten Tag aufwachte, ich hatte fast 13 Stunden geschlafen, klingelte das Telefon. Müde blieb ich liegen. Ich hatte noch keine Kraft dran zu gehen.

Der Regen prasselte auf mein Dachfenster und ich sah die kleinen Spiegelungen der Farben in den Tropfen. Ich liebte zu beobachten, wie die Tropfen an den Scheiben hinunterflossen und je nachdem wie viele andere Tropfen sie auf ihren Wegen einsammelten, immer schneller wurden. Sie waren nur gemeinsam wirklich kraftvoll.

Gerade floss ein Tropfen direkt auf die Bahn eines schon runter gerollten Tropfens und bekam durch die vorgebahnte Strecke einen Turboantrieb. Bestimmt war er selbst davon überrascht wie schnell er wurde und alle anderen bei seinem Lauf überholte.

Ich schaute dem Treiben der Tropfen zu, die in ihrem eigenen Universum ihre ganz persönliche Aufgabe hatten. Dabei nahm ich eine Leere in mir wahr, die sich erst erbsengroß anfühlte und wuchs, bis sie die Größe eines Fußballes erreicht hatte, der in meiner Brustgegend nach Aufmerksamkeit schrie. Ich versuchte diese Leere mit einem großen Frühstück zu füllen und einem Telefonat mit einer sehr engen Freundin. Doch es vergrößerte sich nur und so setzte ich mich auf meinen Sessel und fragte: „Ach Runa, was will dein Herz dir sagen? Was breitet sich in dir wie eine Krankheit aus und möchte beachtet werden?" Ich seufzte ein paar tiefe Male, weil ich wusste ich müsste nun ehrlich zu mir sein und konnte nichts mehr verstecken, was war. Ich umarmte mich selber und gab meiner Hand einen Kuss. „Ach Rünchen, ich glaube es liegt daran, dass dein Herz sich sehr mit Luc's verbunden hat und du ihn gerne wiedersehen möchtest. Doch dies kann gefährlich werden, denn vielleicht wirst du ihn eines Tages brauchen, um glücklich zu werden."

Dieser Gedanke von Abhängigkeit machte mir immer Angst, denn ich hatte den Schmerz schon oft am ganzen Leibe gespürt, den die Ablehnung oder Trennung von einem geliebten Menschen mit sich gebracht hatte.

„Vielleicht bist du gestern so geflogen, dass nun das down wie nach einer jeden Droge kommt. Denn das ist ja die Liebe leider noch manchmal für dich: Eine Droge. Du bist nicht fähig, dir selber dieses high zu geben und sehnst dich nach etwas, was bisher nur ein anderer in dir auslösen konnte." Es tat gut ehrlich zu mir zu sein, dennoch war es schmerzhaft.

Wir alle suchen nach Liebe und ich fand die Liebe in den Bäumen, Katzen, im Ozean, beim Schwimmen oder beim Balancieren, beim Schauen in die Augen des alten weisen Mannes oder beim Aufwachen im Wald, bei Freunden oder bei meiner Schwester, doch die körperliche romantische Liebe ließ mich oft noch gefährlich hochfliegen.

Nun stand ich da und musste mir eingestehen, dass ich auf sein Kommen wartete. Mir kam wieder eine Liedzeile in den Kopf: „Doch durch dieses Binden, wirst du wahre Liebe niemals finden." Tief verneigte ich mich vor dem Sänger und hätte gern gewusst, ob er diese Weisheit bereits lebt. Ich setzte mir Tee auf und fing an zu schreiben.

Das tat ich immer, wenn ich das Gefühl hatte, meine Gedanken zogen Kreise. Ich schuf durch die Buchstaben Linien und mein verknoteter Geist konnte sich auf dem Blatt vor mir entwirren.

Nun wo ich meine Gefühle und Gedanken vor mir auf Papier sah, fühlten sie sich nicht mehr so bedrohlich an und ich konnte sie mir laut vorlesen und damit anschauen. Fast musste ich lachen über meine entwirrten Gefühle und ich entschied mich, im Wald spazieren zu gehen.

Die Tage verstrichen und mein Leben glich einer Achterbahnfahrt. Ich war die Feder im Wind des Lebens und wurde bewegt durch die Gefühle zu Luc und kleine Dramen in meinem Leben.

Ich fühlte mich machtlos und ließ mich spielen. Meine Gedanken und die Dinge, die im Außen passierten lenkten mich. Oft ging ich nun auf die Schaukel und versuchte, mich frei zu schaukeln. Ich drehte mich in den Ketten ein und ließ mich ausdrehen bis mir schwindelig wurde. Ich hoffte, dadurch aufwachen zu können. Doch um ehrlich zu sein, war mir danach immer nur schlecht und ich torkelte zu der morschen Bank am Rande der Sandgrube.

Mit Luc gelangte ich zu dem Gefühl komplett eins zu sein. Ich überwand einige meiner Ängste, die sich aus vorherigen Beziehungen entwickelt hatten. Ich sprach von meiner Verletzbarkeit, die ich ihm überreicht hatte. Er wusste nicht ganz genau damit umzugehen, denn auch wenn er sich öffnete und mich ihn sehen ließ, empfand er keine darauffolgende Abhängigkeit. Das ließ ein Ungleichgewicht entstehen, welches mich bedürftiger machte als ihn.

An einem Morgen, wir hatten gerade in meinem Bett gefrühstückt, wollten wir unsere Zähne putzen gehen. Als wir vor dem großen goldenen Spiegel im Badezimmer standen, wurde mir auf schmerzliche Weise bewusst, wie ich mich verlor. Wir beide schauten in den Spiegel. Jeder für sich. Luc schaute sich selbst in die Augen. Ich schaute ihn an. Für kurze Zeit konnte ich auch mir in die Augen schauen, doch viel interessanter fand ich es, ihn zu beobachten. Ich war gerührt, wie tief er sich in die Augen schauen konnte. Ich versuchte eine Verbindung durch den Spiegel herzustellen, doch Luc blieb bei sich. Mir schien dies unmöglich im Beisein eines Menschen, den ich so sehr liebte. Konnte das Liebe sein?

Ich schloss die Augen, um nichts mehr sehen zu müssen und fühlte, dass es Zeit wurde aufzubrechen. Aus Liebe zu Luc, den ich nicht mehr benutzen wollte und vor allem aus Liebe zu mir, denn ich vermisste mich. Mir liefen Tränen über die Wangen, die Luc zum Glück nicht bemerkte. Ich spülte mein Gesicht mit kaltem Wasser und ging leise aus dem Badezimmer. Ich wusste nun zu viel, um mich weiter im Labyrinth zu verirren. Doch ich wartete noch mit dem Abschied. Ich wusste, was ich brauchte, doch ich wartete noch.

Damals hatte ich nicht viele Pläne im Leben, wollte mich treiben lassen. Doch manchmal führte diese Haltlosigkeit dazu, dass sobald mir jemand ein sicheres Gefühl gab, ich die Person halten wollte.

Von den Menschen in meinem Umfeld wusste nur Luc davon, dass ich in die Kanalisation gehen wollte. Wenn ich davon sprach, runzelte er jedes Mal etwas verwirrt die Stirn, doch er begann mich immer mehr zu kennen und verstand, dass ich mich oft nur zwischen Extremen bewegen konnte.

„Warum genau willst du dir so viel beweisen, Runa? Warum immer zeigen, dass du unabhängig bist? Warum dieser ständige Kampf zwischen Herz und Verstand?" fragte er mich einmal. Ich wusste nichts darauf zu antworten.

Zusehen musste ich dabei, wie ich und meine Zimmerpflanze immer mehr die Blätter hängen ließen. Ich kümmerte mich weniger um mich, meine Wäsche stand seit Wochen vor der Waschmaschine und meine Zähne putzte ich nur, wenn ich zufällig daran dachte.

Natürlich sprudelte die Quelle noch manchmal in mir laut und ich schwappte über vor Freude, doch entfernte ich mich durch dieses ständige Auf und Ab immer mehr von meinem Kern.

Ich verlor den Zugang zur Stille und damit zu meinem Sein immer mehr. Wenn ich mal allein in meinem Zimmer stand, machte ich das Radio lauter.

Die Musik schallte dann lauter aus ihren Boxen als gewohnt. Das Tagebuch öffnete ich kaum noch, um bloß nicht in mich schauen zu müssen. Einen Eintrag fand ich, aber dennoch aus jener Zeit. Gerne möchte ich ihn hier niederschreiben. Er trägt den Titel: Mich verlieren.

„Wie kann es sein, dass ich weiß, was ich brauche und es mir trotzdem so oft nicht geben kann? Ich brauche Ruhe, Verbundenheit, Liebe und Selbstfürsorge, doch auch wenn ich dies weiß, verliere ich mich im Trubel der Welt. Wo ist mein Zuhause? Wie kann ich nachhaltig bei mir bleiben in einer Welt, in der man im Vorhinein plant und das Jetzt so oft vergessen wird? Ich kann am Mittwoch noch nicht sagen, ob ich am Samstag in meiner Energie sein werde und meine Freunde sehen möchte. Am Samstag schleppe ich mich dennoch zu all meinen Verabredungen, weil ich das Fühlen übertöne, mit lauter Musik, die mich wachhalten will. Ich verliere mich im Stress. Renne Bussen hinterher, um die Zeit einzuholen, die ich selbst verkaufte. Jage Terminen hinterher und vergesse das Fühlen in mich selbst. Von überall höre ich Meinungen. Menschen die meinen, sie wüssten was ich bräuchte. Ratgeber, die meinen Weg lenken wollen, doch dabei weiß doch selber, was ich brauche. Ich habe ein Ratgeber, mein Herz, welches sich niemals täuscht. Es ist das purste Geschenk, doch verdecke ich es oft, um funktionieren zu können."

Ansonsten trank ich viel, ging tanzen, schaukelte immer höher und heftiger in der Nacht und verlor nach und nach den Zugang zu den Dingen, die mir guttaten.

Oft konnten mir nur noch andere Menschen Gutes tun. Das führte dazu, dass ich mich bei längst vergessenen Freunden meldete und fragte sie, ob wir uns mal wieder sehen könnten. Ich war traurig, wenn mir Menschen absagten und zerbrach an dem plötzlichen Gefühl des planlos sein.

Eines Tages, die Sonne war schon untergegangen, sagte ich zu mir selbst: „Hör auf die anderen zu missbrauchen. Du brauchst so viel und erwartest, dass du es im Außen bekommst: Liebe, Zärtlichkeit, Unterhaltung, Spaß, Drama, all das sind Güter geworden, die du von anderen erwartest. Das bedingungslose Teilen ist verschwunden, weil du eine Lücke füllen willst."

Lange hatte ich mir das nicht eingestehen wollen. Es war einfach, all das zu verdrängen, denn viele meiner Freunde befanden sich in ähnlichen Spiralen. Wir gingen alle ständig miteinander aus, um uns nicht selbst treffen zu müssen. Gut konnten wir uns vorgaukeln, dass alles normal war, weil wir uns nicht mehr die Zeit nahmen, um die wirkliche Antwort abzuwarten. Meine Freunde schliefen nach den durchschwitzten Nächten oft bei mir und gemeinsam wachten wir verkatert auf und machten uns Müsli. Doch bei der Frage: „Wie geht es dir?" belogen wir uns alle oft selber. Nachdem ich mir jedoch diese einzig wirklich wichtige Frage in meinem Leben ehrlich beantwortet hatte, nämlich mit: MIR GEHT ES GERADE BESCHISSEN, WEIL ES MIR GAR NICHT MEHR GEHT, legte sich eine Ruhe in mich. Ich wusste es war nun Zeit für meine Expedition ins Unbekannte.

Die Tage waren kürzer geworden, und die Blätter hatten sich wie mein Leben verfärbt. Vom vitalen Grün zum gelbroten Gewand, welches die letzte feurige Energie signalisierte, bis sie sich für immer verabschieden wollen. Ich wollte nicht warten, bis meinem Leben die Puste ausging, es sich braunschwarz verfärbte und langsam vor sich hin rottete. Ich musste diese letzten Schübe der Energie nutzen, um die Reise anzutreten.

Also packte ich einen Rucksack mit 600 Nussriegeln und fünf Kilo Trockenfrüchten.

Ich bestellte mir zwei Ultra-Wasserfilter, mit denen ich, wenn mir nichts anderes übrigblieb, das Abwasser in abgespeckter Form filtern konnte. Ich brachte die Katze zu meinen Eltern und verabschiedete mich von ihnen mit den Worten: „Ich gehe mal wieder auf Wanderschaft."

Als sie fragten wohin, antwortete ich: „Weiß ich selbst noch nicht so genau." Da meine Eltern diese Antwort kannten, machten sie sich nicht allzu viele Gedanken und ließen mich ziehen.

Meinen Freunden schrieb ich eine Rund-SMS und sagte, ich mache eine Reise, um mich neu zu finden. Dann klappte ich mein altes Tastenhandy zu, schaltete es ab und legte es unter meine Matratze.

Ich hoffte, ich würde meinen Verstand nicht so sehr verlieren, sodass ich mich an diesen Ort erinnern könnte, wenn ich hier wieder auftauchen würde.

Als ich mich am letzten Abend in mein Bett legte, hatte ich ein mulmiges und gleichzeitig kraftvolles Gefühl. Ich stellte mich einer neuen Lebensstufe, und ich war gespannt, was die nächsten Wochen, Monate, ja vielleicht sogar Jahre in der

Kanalisation für mich bereithielten. Wie lange würde ich es im Untergrund und auch in meinem persönlichen Untergrund aushalten? Ich war aufgeregt und stolz auf den Mut, alles hinter mir zu lassen. Gleichzeitig hatte ich Angst: Wenn ich nicht wusste, was mich erwartete, konnte ich mich auch auf nichts freuen. Ich war dem Unbekannten ausgesetzt und konnte mir unter diesem Experiment nichts Wirkliches vorstellen. Vielleicht starb ich in den Gängen und wurde von Mäusen zerfressen, oder aber ich fing an zu leuchten, da ich die Dunkelheit in mir besiegt hatte. Alles war möglich und ich wollte akzeptieren, was kommt.

Mit diesem Gedanken schaute ich dem Mond durch mein Fenster zu, der seine Bahnen zog und Schatten in mein Zimmer warf, die ich zu deuten versuchte. Auf der Fensterbank lagen ein Spielflugzeug, ein Dildo, eine Kamera und ein Blumenstrauß. All deren Schatten tanzten auf meiner Wand. Die Schatten hatte Ähnlichkeit mit einer Menschenansammlung, fast sah es aus, wie eine Demonstration. Einige Menschen hielten sogar Schilder in die Höhe, welches eigentlich die Blätter der Blumen waren. Lange schaute ich die Schatten an, und je länger ich schaute, desto öfter verschwamm das vorherige Bild und meine Sichtweise veränderte sich. Die Demonstration wurde zu Seifenblasen, die Seifenblasen zu Gesichtern, die Gesichter zu Vögeln.

Als ich den Vogel in dem Schatten erkannte, fiel ich in einen Traum hinein. Der Vogel an meiner Wand fing an sich zu bewegen und flog langsam auf meine Bettdecke, um mir etwas mitzuteilen. „Ich bin ein Vogel, doch sind meine Flügel tot. Ich lebe auf einer Erde, die ein Virus hat. Ich werde verdorben von Menschen, die sich selbst zerstören. Ich bin doch nur ein Rabe, der keine Flügel hat, aber Augen, die durch alles hindurchsehen. Ich klau´ das Gold, welches du der Erde entrissen hast."

So flog er auf mich zu und riss an meinem Piercing, welches nun meine Augenbraue langzog. Der Rabe war stark, und als meine Augenbraue immer länger wurde und ich abhob, sah ich die Welt von oben. Ich wusste nicht, wie er es schaffte, ohne Flügel zu fliegen, doch wir schwebten über die Erde und ich sah aus seinen Augen. Ich verstand wovon er gerade gesprochen hatte und sah die Erde gefährlich schimmeln und an einigen Stellen bluten. Doch da sprach sie zu mir. „Keine Angst mein Kind, mich kann man nicht zerstören. Ich habe euch Menschen zu mir eingeladen, nun will ich mit euch Freundschaft schließen. Wenn ihr jedoch meine Freundschaft ablehnt, dann sterbe nicht ich, sondern ihr. Ihr braucht mich. Ich kann auf euch verzichten und trotzdem liebe ich euch." Es wurde dunkel und ich erinnerte mich nur noch, wie der Rabe mich fallen gelassen hat.

In dieser Nacht träumte ich viel wirres Zeug, und als ich aufstand und einen starken Druck auf der Brust verspürte, wusste ich, es müsse nun schnell gehen, bevor ich einknickte und meine Reise schon abbrach, bevor ich sie begonnen hatte.

Ich goss ein letztes Mal meine Pflanzen. Sehr hoffte ich, dass wir alle mit neuer Energie uns wieder sehen würden. Ich küsste die schlaffen Blätter meiner Kletterpflanze und verneigte mich tief in der Wohnung, in der ich die letzten sieben Monate gelebt hatte. Es war der Ort, an dem ich am längsten geblieben war, nachdem ich bei meinen Eltern ausgezogen war. Ich überreichte den Schlüssel einer Freundin, die die Wohnung mieten wollte. Dankbar war sie, dass ich nichts mitnehmen wollte, denn sie besaß nur einen Rucksack, mit dem sie umzog. Ich steckte schnell noch mein Lieblingskuscheltier in den sonst nur mit Essen und Trinken gefüllten Rucksack und nahm meinen Kraft-Edelstein aus dem Regal. Ohne umzusehen schloss ich die Tür und lief die steile Treppe hinunter, bevor ich es mir anders überlegen konnte.

Als ich an der frischen Luft war, wusste ich nicht wohin. Sollte ich Luc Bescheid geben, ihm tschüss sagen oder einfach untertauchen? Er müsste meine SMS erhalten haben, doch war ich mir nicht sicher, ob er noch hier sein würde, falls ich zurückkehrte. Ich wusste, dass er viele Liebschaften hatte. Kurz hatte ich Angst, er könne mich vergessen. Das versetzte mir einen Stich ins Herz. Doch dann erinnerte ich mich an all die tiefen Momente und war mir sicher, dass er nichts davon vergessen könnte.

Wir behielten einander tief im Herzen. Mit diesem Vertrauen lief ich zum Gully, unter dem Ronja und Kalle ihr Quartier jetzt schon seit einigen Jahren hatten.

Ich schaute ein letztes Mal hoch in den Himmel. Regentropfen vermischten sich mit meinen Tränen. Die Sonne war schon seit Tagen von den Wolken verdeckt gewesen. Ich redete mir ein, sie wollte mir damit den Abschied vom Sonnenlicht leichter machen. Sie bereitete mich langsam auf die Dunkelheit vor. „Liebste Sonne, deine Lichtstrahlen, werden lange nicht mehr meine Haut erwärmen. Trotzdem danke ich dir für alles Leben, was du stetig erschaffst. Weiterhin werde ich deine Präsenz fühlen und wer weiß, vielleicht werde ich eines Frühlings, wie die Keime meinen Kopf aus der Erde sprießen lassen. Adieu geliebtes Licht!"

Zum letzten Mal sog ich die frische Luft in meine Lungenflügel und hörte den Vögeln zu. Die letzten Menschen zogen an mir vorbei, und ich nahm sie intensiver wahr, da ich mir alles merken wollte, was ich sah. Ich genoss all das, was für mich sonst selbstverständlich war. Die Farben überraschten mich plötzlich und ich war erstaunt, wie vielfältig und in voller Blüte diese Welt war.

Ich berührte die Erde und freute mich ein wenig, ihr gleich noch viel näher zu sein. Mit dieser kleinen Vorfreude überdeckte ich meinen Abschiedsschmerz und versuchte entschlossen die Stufen hinunter zu gehen.

Das Bild von Luc stieg wieder vor meinem Auge auf, und ich verbannte es fürs erste aus meinem Kopf. Ich durfte jetzt nicht daran denken, was ich verlieren, sondern, was ich gewinnen würde.

Also stieg ich weiter hinab, bis meine Gummistiefel im Schlamm steckten. Angewidert von dem Geruch atmete ich durch den Mund und hörte in weiter Entfernung die Stimmen meiner Freunde. Erst wollte ich schon zu ihnen laufen, doch ich bremste mich, da ich mich danach fühlte, diese Reise alleine starten zu wollen.

Also lief ich in die entgegengesetzte Richtung.

Nach gefühlt zwei Stunden konnte ich einigermaßen gut sehen. Die unterschiedlichen Schwarztöne hoben sich voneinander ab. Ich fing an, mich ein wenig zu orientieren. Es gab lange Gänge, in denen die Scheiße schwamm. Sie waren quadratisch und umschichtet mit Beton, zu vergleichen mit der Autobahn des Abwassers. Das Wasser war hier knietief und schäumte, wohl auch durch Shampoo und Seife. Die Gänge waren so hoch, dass ich in ihnen aufrecht stehen konnte, teilweise maß ihre Höhe bestimmt bis zu vier Meter. Die „Straße" hatte mehrere Spuren. Mal teilten sich die Bahnen und es gab Ausfahrten oder Kreuzungen, wo neue

Abwässer dazu gespült wurden. Von den Wänden tropfte das Abwasser aus mittelgroßen Plastikrohren. Manchmal kam auch viel Wasser aus ihnen herausgeschossen, und ich erschreckte mich, wenn ich gerade unter ihnen lief und eine Ladung auf den Kopf bekam. Wahrscheinlich hatte dann gerade jemand den Stöpsel seiner Badewanne gezogen oder abgespült.

Als ich eine Leiter hinabstieg und in einen schmaleren Gang kam, wechselte schlagartig die Temperatur: Das Wasser hatte plötzlich vielleicht noch 10 Grad. Wahrscheinlich schwamm diese Brühe hier schon länger herum. Das warme Duschwasser, das sonst die Temperatur erhöht, war hier abgekühlt.

Wenn das Wasser von knietief auf knöcheltief oder sogar schuhsohlentief sank, wie es gerade geschah, dann konnte ich sicher sein, dass es von Ratten um mich herum nur so wimmelte. Genau bei diesem Gedanken trat ich der ersten schon versehentlich auf den Schwanz. Sie quietschte vor Schmerz, und ich nahm direkt meinen Fuß hoch. Sie konnte sich noch gut bewegen, was mich erleichterte. Dann huschten sie und ihre Gruppe schnell davon.

Ich vermutete, dass die Geräusche der verletzten Ratte ihre Artgenossen in Alarmbereitschaft versetzt hatten. Wohl deshalb fing die ganze Röhre an zu quietschen und zu fiepsen. Es schauderte mich ein wenig, und ein Ekelschauer durchfuhr mich, als durch meine Beine hindurch plötzlich verschreckte Ratten rannten.

Was aßen die hier unten wohl? Vielleicht konnten sie mich lehren, wie ich hier unten am Leben blieb, wenn mein Essen ausgehen würde. Vielleicht müsste ich aber auch sie am Ende essen. Von den Ratten gab es jedenfalls genug hier unten. Bei dem Gedanken schauderte es mich wieder. Ungekochtes Rattenfleisch war sicherlich nicht die beste Idee. Doch ich schob den Gedanken beiseite, denn schließlich hatte ich noch keinen einzigen Müsliriegel meines Proviants angebrochen.

Nachdem ich weitergelaufen war, spürte ich die Anstrengung in meinen Beinen. Der Klärschlamm gab mir das Gefühl in Treibsand zu laufen. „Pfuuur, klitsch, krutsch." waren die Geräusche, die mich von nun an durch meinen Tag begleiten würden.

Ich wusste noch nicht, warum ich genau hier war und manchmal fing ich an laut zu lachen. Das Leben war schon verrückt. Doch in mir drin wusste ich, dass es die richtige Entscheidung gewesen war.

Etwas Heiliges in mir, zudem ich noch wenig Zugang erreicht hatte, sprach seit ungefähr zwei Jahren darüber, mich in die Einsamkeit und Dunkelheit zu begeben. Lange hatte ich es vor mir hergeschoben. Suchte fieberhaft Gründe, die mir es unmöglich machten zu gehen. Die letzten waren Luc, meine Katze und meine Angst gewesen. Doch natürlich gab es für all diese Ausreden Lösungen. Wenn man sich so bei den Menschen umschaute, sah man dieses Phänomen überall. Die meisten Menschen versuchten sich mit kleinen Aufgaben beschäftigt zu halten, um den höheren Seelenplan nicht erfüllen zu müssen.

Die Angst vor dem Unbekannten und wo möglichen Scheitern lässt uns ständig unser Potenzial verleugnen. Genau davor hatte ich Angst gehabt: sehen zu was ich im Stande war.

Denn am Ende hatte ich mehr Angst, realisieren zu müssen, wie groß ich sein konnte anstatt davor, klein zu sein. Denn diese Größe würde bedeuten, dass es wenige Ausreden gibt. Mit den Ausreden rechtfertigte ich mein Leben, welches nicht so glänzte, wie es eigentlich könnte.

Es war die Schule, die Erwartungen meiner Eltern, Freunde, denen ich in die Schuhe schob, sie ließen mich nicht frei. Doch in Wirklichkeit klammerte ich mich an ihre Grenzen, um nicht alle Freiheiten erkennen zu müssen. Denn wenn ich groß, mutig und frei wäre, wäre jede nicht genutzte Chance mein eigenes Versagen.

Oft wollte ich früher nicht zum wahren Leben bereit sein. Lieber glauben, ich müsse meine Arbeitszeit verkaufen, mit dem Hund meine täglichen Runden gehen, meine Freunde glücklich machen und die Mängel in den Menschen um mich herum füllen.

Ich versuchte alles glatt zu spachteln. Jede Trauer, Angst, Sorge, Einsamkeit meiner Mitmenschen, ohne dabei zu realisieren, dass die Spalte bei mir immer mehr aufklaffen würde.

Denn ich lenkte mich mit den Schatten anderer ab, um meinen eigenen nicht zu sehen.

Da fühlte ich auf einmal wieder dieses Loch als hätte sich ein Wurm sehr lange durch meinen Brustkorb gefressen und ich hielt an.

„Wie lange lebst du schon in mir, fressendes Monster?" flüsterte ich ängstlich. Ich bekam ein genüssliches Schmatzen als Antwort. „Von was ernährst du dich?" - „Von vielem mein Kind. Du fütterst mich tagtäglich gut. Am liebsten sind mir die unterdrückten Gefühle und die zerstörerischen Gedanken. Viele von denen pflegst du, weil du so daran gewöhnt bist." - „Wer hat dich erschaffen?" - „Du, mein

Kind, nur du." - „Gefällt es dir in mir?" - „Es ist warm und kuschelig zwischen deinen Lungenflügeln zu sitzen und lang hattest du Angst mich zu sehen. Ich konnte mich an deine Lebensenergie anzapfen und habe schon einige Kinder in meinem dicken Bauch. Sie werden demnächst zur Welt kommen."

Mir wurde schlecht. Ich stellte mir eine riesige Made vor, die von meiner Lebensenergie saugte, sodass ich immer schwächer werden würde und sie immer stärker. Vielleicht würde sie eines Tages stärker sein als ich.

Ich wollte schreien und es fiel mir auf, dass mich niemand hören würde und somit begann ich den lautesten Schrei meines Lebens. Ich fühlte das Monster dabei in meiner Lunge hüpfen und musste davon husten. Es schlug gegen die Wände meines Brustkorbes und jeder Schlag fühlte sich an wie eine innere Ohrfeige.

Ich ohrfeigte mich selbst für all das, was ich mir angetan hatte. Ich hatte meine Schatten und damit dieses energieverschlingende Wesen geschaffen.

Ich war Göttin meines Tempels und ließ darin Krieg zu. Wie konnte ich mich nur über die Kriege auf der Welt aufregen, wenn in mir drinnen ein Schlachtfeld war?

Ich schrie all den Schmerz hinaus, den ich in mir so lange versteckt hatte und merkte, wie das Poltern in mir schwächer wurde. Es fühlte sich fast so an, als würde das Monster schrumpfen und ich merkte, wie in mir etwas heilte. Als das Monsterchen nur noch faustgroß war, fing ich wieder an zu husten. Das Husten ging über in ein Würgen. Mein Körper fing an zu zittern und ich musste in die Knie gehen. Meinen

Kopf beugte ich nach vorne und erbrach mich in den Klärschlamm.

Da ich nichts gegessen hatte, kam nur Magensäure hoch und ein etwa faustgroßes Wesen. Es schüttelte sich und Blut und Schleim spritze aus seinen Haaren gegen meine Hose. Ich fing an zu lachen und konnte nicht mehr aufhören. Diesem kleinen niedlichen Fratz habe ich so eine Macht gegeben? Ich hatte ihn mir deutlich bedrohlicher vorgestellt. Mit Hörnern und einem Blick, der mich zum Einpissen gebrachte hätte. Oder eine dicke fette Made, die glänzte und mit schwarzen Augen starrte. Doch das Wesen vor mir sah ganz süß aus und gar nicht angsteinflößend.

Es verschränkte die Arme vor der Brust und war zutiefst geknickt, dass es seine Autorität verloren hatte. Ich beugte mich hinab und bot ihm an, sich auf meine Schulter zu setzten. Widerwillig kletterte es hinauf und wollte aber nichts sagen.

„Na wie gefällt es dir so an der mehr oder weniger frischen Luft?" Es grunzte und trat mit seinem Bein gegen meine Schulter. Ich akzeptierte, dass es schweigen wolle und sich an seine neue Umgebung gewöhnen musste und lief weiter.

Ich fragte mich bei jeder Abbiegung, an der wir ankamen, wo mein Herz mich hinschicken will und folgte meiner Intuition. Ich dachte an wenig und genoss die Stille in mir.

Als meine Beine irgendwann so tief versunken waren, dass ich meine Gummistiefel verloren hatte und ich barfuß weiterlaufen musste, entschied ich mich, mir einen trockenen Platz zum Schlafen zu suchen.

Ich breitete meine Jacke auf einem Betonvorsprung aus, auf den ich geklettert war und achtete darauf, dass mir Beat nicht runterfiel, so nannte ich meinen neuen Begleiter von nun an.

Mit meinem Schal errichtete ich Beat ein kleines Bett mit Bettdecke und rollte mich auf die andere Seite. Ich wollte jetzt nur noch schlafen und meinem Körper eine Pause gönnen.

Den Gestank nahm ich schon gar nicht mehr als solchen wahr und ich rollte mich wie ein Embryo ein.

Als ich aufwachte, knabberte eine Ratte an meiner Hose. Ich verscheuchte sie und döste noch eine Weile vor mich hin. Ich wusste überhaupt nicht, ob es Tag oder Nacht war. Alle Zeiten lösten sich auf und wurden zum Kreis.

Mein Magen erinnerte mich, dass ich etwas essen sollte und ich genoss zwei meiner Müsliriegel. Ich bot Beat, der anscheinend gar nicht geschlafen hatte, auch einen an, doch er wollte nicht.

Kein Wunder, das war bestimmt viel zu süß. Immerhin hatte er sonst nur Sorgen, Ängste und Trauer gegessen. Ein bisschen tat er mir leid und ich strich ihm zärtlich über seinem Kopf. Daraufhin schlug er sofort meine Hand weg und sagte: „Wenn du mich noch einmal so mitleidig anguckst, dann bohr ich mich durch dein Nasenloch wieder in dein Innerstes."

Da schaute ich ihn provokativ noch einmal sehr mitleidig an und er stieß mit voller Wucht seine kleine Faust in mein Nasenloch, doch weiter kam Beat nicht. „Schau Beat, ich bin nun nicht mehr dein kleines Kind, dass dir unterbewusst alles gibt, was du brauchst zum Leben. Ich identifiziere mich nicht mehr mit dir und brauche deine Anwesenheit nicht mehr. Ich kann alleine Leben. Trotzdem habe ich dich lieb und würde gerne mit dir weiterreisen. Es tut mir gut, einen Freund zu haben und du kennst meine dunkle Seite besser als jeder andere. Ich lade dich also ein, ein eigenes Leben zu führen und mich als Freund zu begleiten."

Wütend stampfte Beat auf den Boden und sagte: „Das kann ich nicht oder besser gesagt das möchte ich nicht. Lieber sterbe ich, als dass ich lieben lerne. Ich bin geschaffen, um zu vernichten und auch wenn dein Angebot ein klein wenig verlockend klingt, möchte ich nun nicht mehr hier sein. Es ist nicht mein zu Hause." Somit begann Beat so doll mit den Füßen zu stampfen, dass der Beton unter ihm zerbrach und um ihn herumwirbelte. Er fing an, am ganzen Leib zu zittern und die Luft um ihm herum fing an zu beben. Die Druckwellen durchliefen meinen Körper und ich wurde ein kleines bisschen nach hinten gedrückt. Dann begann die Form, die ich Beat genannt hatte, sich allmählich aufzulösen. Als sein Kopf von seinem Körper getrennt wurde, blendete mich ein ungeheuer helles Licht. Ich musste meine Hand vor die Augen halten und schaute nur noch durch die Ritzen meiner Finger, was sich vor mir auftat.

Nun begann auch Beats gesamter Körper Risse zu bekommen und durch jeden dieser Risse strahlte dieses unglaubliche Licht. Er brach von innen heraus auf und löste sich langsam auf. Nach einer endlosen Ewigkeit konnte ich Beats Körper nicht mehr erkennen, sondern ich sah nur dieses Licht, welches die ganze Röhre, in der ich saß, erhellte.

In jeden Winkel schien dieses endlose Licht und erkannte sich endlich selbst.

Nun fing es auch noch an zu singen und ähnlich wie ein Blauwalgesang erfüllte es mit seinen langen Tönen den ganzen Raum. Ich war hypnotisiert und flog mit diesem Licht ins Unendliche.

Ich schwebte über dem Beton und erkannte, dass dieses Licht die Lebensenergie war, die ich mir selbst hatte einsperren lassen. „Beat ist gestorben", flüsterte eine Stimme in mir. „Du bist die Quelle selbst, du hast dich nur an ihr betrunken. Schau und fühle in dieses endlose Licht hinein. All das bist du. Du bist fähig die Welt zu sprengen mit diesem Licht." Mein Körper vibrierte. All meine Atome begannen zu singen und mein Körper war die Stimmgabel des Lichtes. Ich war das Licht und das Licht war ich. Ich atmete in die Stille hinein. Tief ein und aus. Wo ich gestern Abend noch eine Art Loch gespürt hatte, war nun alles vollkommen. Meine Brust glühte und war genauso wie meine Haare und Fußspitzen mit Licht gefüllt.

Ich schloss die Augen und obwohl meine Lieder geschlossen waren, schien das Licht genauso hell weiter. Es schien von hinten durch meinen Kopf zu glühen und ließ meine Augen Blitze und Spiralen aus Licht sehen.

Dann verlor ich die Sprache der Wörter und schwieg mit der Stille um die Wette.

.Als ich aus meiner Trance erwachte, konnte ich nichts mehr ordnen. Es fühlte sich an, als wäre ich aus einem Koma erwacht. Kurz stellte ich mir vor, dass ich über tausend Jahre nach menschlichen Rechnungen im unendlichen Raum geschwebt hatte. Ich lachte über diese Vorstellung, doch überprüfen wollte ich es auch nicht. Ich wusste, dass war noch nicht alles, was mich die Dunkelheit lehren wollte. Ich wollte noch nicht aus der Dunkelheit hinaus, weil diese schon lange nicht mehr nur Dunkelheit war.

Also lief ich weiter. Es war schon fast komisch Beat nicht bei mir zu wissen. Immerhin hatte er mich mein Leben lang begleitet. Aber dann fiel mir ein, dass seine angestaute Lebensenergie in mir drin war und Beat sich als das offenbarte, was er wirklich war: Licht.

Eine Ratte kam zu mir und knabberte mutig an meinem Zeh. Mit einem angewiderten Ruck stieß ich meinen Fuß nach vorne und schleuderte die Ratte damit in die Luft. Ein kleines Stück meines dicken Zehs hatte sie abgebissen, als ich sie weggeschleudert hatte.

Schmerzvoll zuckte ich zusammen, doch merkte ich, dass dies nur eine automatische Reaktion gewesen war. Eigentlich tat die Stelle gar nicht weh.

Meine Augen sahen nur das Blut und mein Kopf kreierte Schmerz. Wenn ich mich nicht auf die Wunde konzentrierte und dem Brummen der Autos zuhörte, dann spürte ich keinen Schmerz. Doch war ich mir nicht so sicher, wie es meinen Füßen gehen würde, wenn ich weiterhin barfuß laufen würde.

Bestimmt lagen in der braunen Sauce unter mir viele spitze Gegenstände. Ich wollte gar nicht an die Heroinspritzen denken, die so viele meiner Junkiefreunde einfach unachtsam in die Gullylöcher warfen.

Doch weil ich gerade nichts ändern konnte, entschied ich, dass es äußerst gut war, körperlichen Schmerz zuzulassen und sich von fremden Schichten wie Schuhen zu lösen. Ich hatte schon genug Schutzschichten aufgebaut, um meinen Schmerz nicht fühlen zu müssen.

Wenn ich also meinen Körper nicht mehr mit künstlichen Schichten schützte und den Schmerz akzeptierte, dann könnte ich womöglich auch meinen Herzschmerz wieder mehr wahrnehmen, dachte ich.

Mit dieser neuen Einstellung lief ich im Vertrauen weiter und atmete in den körperlichen und seelischen Schmerz hinein.

Als ich gerade durch einen Schwarm Ratten lief, sah ich ein Gullyloch, aus dem mich das Mondlicht küsste. Ich hielt an, streckte mein Gesicht in die endlosen Strahlen des Lichtes und war dankbar. Ich schaute an mir hinab und musste lachen.

Ich sah meine Klamotten schon gar nicht mehr, da alles so verdreckt war und meine Haare waren verkrustet.

Meine Füße waren aufgeschürft und trotzdem fühlte ich mich mehr am Leben als je zuvor. Ich war dankbar für den Mond und die Sterne, die ich hier unten zwar nicht sehen konnte, deren Präsenz ich jedoch in meinem Herzen spürte. Ich war nicht allein in diesem Universum. Ich bin das Universum.

Der Mond schenkte mir Sicherheit, denn er begleitet mein kleines Menschenleben. Ich verließ mich darauf, dass er den Wandel von hell und dunkel, Schatten und Licht jeden Tag einleiten würde. „Oft kann ich dich nicht sehen. Du Mond bist manchmal so versteckt hinter all den Wolken, dass ich dich nur in Erinnerungen sehe. Trotzdem leitest du noch meinen Zyklus und ich spüre wie du dich bewegst. Du lässt mich leuchten, so wie die Sonne dich leuchten lässt. Danke."

Ich war glücklich einen alten Freund zu treffen und fühlte eine warme Umarmung sich entfalten. Leise fast flüsternd sprach ich weiter: „Auch wenn ich dich hier im Untergrund das erste Mal gesehen habe und nicht weiß, wie viele Mondnächte ich schon verpasst habe, spüre ich dich immer noch. Vielleicht lässt du ja sogar hier, im schwärzesten

Schwarz Ebbe und Flut entstehen. Ich werde darauf achten. Aber auch wenn dies nicht der Fall ist, bin ich mit dir verbunden." Mit den Worten lief ich weiter und spürte das Licht des Mondes noch immer auf mich scheinen. Dies sollte das letzte Mal für eine lange Zeit sein, dass ich den Mond gesehen hatte. Denn ich entdeckte einen Gang, der mich tief in die Erde leitete. Doch dies konnte ich damals nur erahnen.

Ich dachte mir nicht viel dabei, wenn ich Schächte hinab lief, die steil ins Unbekannte führten. Einmal sogar geschah es, dass ich vor einer Treppe stand und nicht wusste, ob sie nach oben oder nach unten führen würde.

Ich hatte seit Wochen keinen Horizont gesehen. Ich fühlte, wohin die Anziehungskraft mich zog. Dort müsste logischerweise unten sein. Aber gab es überhaupt noch unten und oben? Vielleicht war ich ja schon einmal durch den ewigen Gang auf die andere Erdhalbkugel gelaufen. Autogeräusche oder Anzeichen von Zivilisation hatte ich schon lange nicht mehr gehört.

Ab diesem Tag wurde mir auch oben oder unten egal, diese Richtungen waren ebenfalls nur erdacht.

Im Universum gibt es kein oben oder unten, keine Richtungen und keine Anhaltspunkte. Alles tanzte den ewigen Tanz.

Den Weg, den ich ging, hatte eh keine Relevanz mehr. Vielleicht würde ich eines Tages Kalle und Ronja wiedersehen. Ich wäre also einen Kreis gelaufen. Oder ich käme in einem fernen Land eines Tages aus dem Gully gekrochen. Ich könnte die Sprache nicht verstehen und man würde mich in eine Irrenanstalt schicken. Vielleicht gab es aber auch Röhren, die unter oder durch Meere flossen und ich fand eine Luke, aus der ich hinausschwimmen konnte.

Ich hatte keine Ziele mehr. Das Leben war zu einem Spiel geworden. Ich wurde nicht mehr gespielt, sondern ich ließ meinen Körper durch die göttliche Hand laufen.

Auch hörte ich fast vollständig auf, über meine Taten und über deren Folgen nachzudenken. Gerade, zum Beispiel, hatte ich den Schlamm in die Dunkelheit geworfen.

Ich tat so als würde dort meine mich tadelnde Oma stehen und schrie ihr all das entgegen, was ich mich früher nicht getraut hatte zu sagen: „Oma ich will nicht, dass du mir sagst, dass ich fett geworden bin, denn ich esse endlich wieder für mich. Außerdem arbeite ich mehr als du, nur nicht in der Bank, wie du es vielleicht gerne hättest. Ich arbeite mit mir und dem Leben und stelle mich meiner Angst, die du dir nie getraut hattest anzusehen und eigentlich beschuldige ich dich nur, weil ich endlich angenommen werden will. Ich sehne mich nach deiner Anerkennung und weiß nicht mit deiner Ablehnung umzugehen. Nimm mich so an wie du Gott annimmst, denn wir sind alle Gott. Lehne dich selbst nicht ab, dann kannst du auch mich annehmen."

Mein verletztes Kind schrie viel hier unten. Es brauchte Aufmerksamkeit und jetzt wo Beat meinen Körper verlassen hatte, erfand ich neue Wege mit meinem Schmerz umzugehen, nämlich ihn endlich anzunehmen und ihn auszusprechen. Wow, tat das gut!

Nach dem Ausbruch mit meiner Oma fühlte ich hinter dieser Verletzung die ewige Liebe zu ihr und ich machte ein paar Freudensprünge, da ich so fasziniert vom Leben war, was so vergänglich war, dass man an nichts festhalten konnte.

Eines anderen Tages, an einem anderen Punkt in der Erde, brach mein Körper in sich zusammen. Ich kannte diese Schmerzen gut. Lange, vielleicht seitdem ich drei Jahre alt bin, kamen diese Kopfschmerzen, die mir den Boden unter den Füßen wegzogen.

Ich fiel jedes Mal in diesen Schmerz hinein und war unfähig zu halten. Die einzige Methode den Schmerz zu ertragen, war jegliche Anspannung und Widerstand loszulassen. Doch den Schmerz zu akzeptieren und jeden Anflug von Selbstmitleid abzustreifen, war eine wahre Herausforderung!

Dieses Mal war es so, dass ich schon beim Aufwachen spürte, wie sich der Druck in meinem Kopf erhöhte. Lange dachte ich, der Druck entstand von außen, wie wenn jemand seine Finger auf meine Schläfen legen würde und diese versuchen wollten, in meinen Kopf zu drücken. Doch nun wo ich dies bewusst schreibe, fällt mir auf, dass es viel mehr ein Drücken von innen ist. Ich könnte dies vergleichen mit einem Samen, der einst von einem Wesen Unachtsamkeit in meinen Kopf gepflanzt wurde und zusätzlich mit Stress von mir gegossen wurde. Wenn der Samen so groß ist wie mein Schädel und ihm auffällt, dass meine Schädeldecke ihn daran hindern will sich zu entfalten, wird er wütend. Mit all seiner Kraft versucht er gegen seinen Tod anzukämpfen und drückt mit seiner gesammelten Lebensenergie von innen gegen meine Schädeldecke. Der Samen versucht langsam immer stärker meine Schädelwand von innen her zu zersprengen, explodieren soll diese, um die Pflanze ans Licht zu lassen. Ein Kampf spielte sich in mir ab, der von unsichtbaren Kräften gefochten wurde.

Diesen Druck versuchte ich auszugleichen, in dem ich selber meine Hände gegen den Kopf presste, um ihn vorm Explodieren zu schützen und ein Gegengewicht zu liefern.

Die Kopfschmerzen waren der natürliche Ausgleich meines Körpers von An- und Entspannung. All die Unachtsamkeit, die ich in den letzten Wochen in mir, in Form von Anspannung angesammelt hat, wollte sich entladen, einen Ausweg aus meinem Körper finden.

So lange wie hier unten hatte ich noch nie kopfschmerzfrei gelebt und es war nun auch das erste Mal, dass ich mich an einem Ort befand, wo ich keinen Zugriff auf Schmerztabletten hatte. So fühlte ich mich schutzlos, doch das ermöglichte nun endlich eine ausweglose Konfrontation mit meinem Schmerz.

Als die Schmerzen mir so viel Kraft entzogen, dass ich mich nicht mehr auf andere Dinge konzentrieren konnte und ich müde Beine bekam, hielt ich an.

Ich legte mich auf meine Jacke damit mein Kopf nicht auch noch auf kaltem Asphalt liegen musste. Ich versuchte langsam die Anspannung aus dem Kopf frei zu lassen, in dem ich versuchte den Schmerz lang zu ziehen und ihn so aus mir herausziehen zu können. Ich versuchte längere Linien zu ziehen als mein Körper lang war, um die Anspannung von meinen Schläfen in meinem Körper oder wenn möglich in den Raum zu verteilen. Doch der Raum wollte meine Anspannung verständlicherweise auch nicht tragen und so versuchte ich zu schlafen. Ich war noch an einem Punkt, an dem ich ruhig liegen konnte und so schlief ich nach kurzem Warten friedlich ein.

Doch es kam, wie ich es schon kannte, ich wachte mit starker Übelkeit auf und der Druck auf meinen Schläfen hatte sich nun über meinen gesamten Kopf verteilt und ich war nicht im Stande klar zu denken. Ich rollte mich vor Schmerzen von der einen auf die andere Seite und versuchte etwas, von dem ich selbst noch nicht wusste, was es sein mochte.

Ich stöhnte und in mir begann sich ein Widerstand zu bilden, der wie ich wusste nur noch mehr Schmerzen verursachen würde.

Ich nahm den Kackgeruch, an den sich meine Nase eigentlich schon so gut gewöhnt hatte, wieder als äußerst störend wahr, ja er schmerzte sogar in meiner Nase und ließ mich meinen Schal über meinen Kopf legen. Jeder Reiz von außen durchfuhr meinen überreizten Körper tausendmal stärker und ich sehnte mich nach Schlaf. Gerne wollte ich wieder in den Raum hinein, indem ich nichts bewusst mitkriegen müsste. Doch das Pochen und die Aufsteigende Übelkeit ließen mich kaum für eine Sekunde frei, sodass an Schlaf nicht mehr zu denken war.

Einatmen und ausatmen, mir selber etwas vorsummen und mich leise hin und her wiegen wechselte sich mit stummen Flüchen und kraftlosen Tönen ab. Es entstand ein immer größer werdender Kloß in meinem Hals, der sich nicht runterschlucken ließ, der mir viel Speichel in den Mund trieb und immer wieder fast zum Kotzen brachte. Ich wollte nun endlich meine Muskeln entspannen und wieder ins Nichts gleiten.

Ich wünschte mir das Nichts so sehr, dass ich fast dazu entschlossen war, mich die Anhöhe hinunter zu rollen und die vier Meter zu fallen, die mich vom Boden trennten, um diesem Schmerz nicht länger in die Augen schauen zu müssen. Ich gähnte und hoffte, dadurch einen Druckausgleich schaffen zu können. Dies gelang für den kurzen Moment, indem ich meinen Mund offenhielt, doch sobald ich ihn schloss, schnellte der Schmerz durch meinen Mund zurück in meinen Kopf.

Als sich meinen Körper immer öfter krampfhaft zusammenzog und ich mich von alleine mit meiner letzten Kraft aufsetzte, konnte ich endlich kotzen und dadurch so viel der angestauten Anspannung auskotzen wie mir möglich war. Ich sank erschöpft auf mein provisorisches Kissen zurück und dachte an nichts. Endlich löste sich langsam der Schmerz aus meinem Körper, wie das Wasser in einem Priel bei Ebbe. Manchmal kamen noch leichte Wellen angeschwemmt, doch ich konnte loslassen und entspannen. Ich rollte mich gemütlich ein und zog meine Beine fest an meinen Oberkörper. Während die Schmerzen abklangen, kam der Schlaf mehr und mehr in meinen Körper und Geist hinein und ich ließ mich endlich von ihm entführen.

Als ich aufwachte, spürte ich eine ungeheure Lebenskraft und den Wunsch es nie wieder so weit kommen zu lassen. Das Leben besteht aus An- und Entspannung. Das sieht man am Wachsein und Schlafen, bei der Anspannung des Orgasmus und der erleichterten Entspannung, sobald dieser sich legt, bei der Musik, welche nur durch die Zwischenräume lebt. Um genau zu sein, kann man es überall sehen. Doch wollte ich es nicht mehr zulassen, dass ich mich so überspannte, dass all die natürlichen Entspannungshilfen des Lebens nicht mehr reichten und mein Körper den Schmerz hochfahren musste, um mich dann herunterzufahren und letztendlich einen Neustart zu wagen.

Mit diesen neuen Achtsamkeitsvorsätzen wanderte ich langsam weiter. Bei jedem Anflug von Stress schüttelte ich mich und versuchte immer, wenn ich nicht bei mir war, mich liebevoll wieder zurück in meinen Körper und in den Moment zu locken.

„Ach liebe Runa, tollst du schon wieder auf dem Spielplatz der Gedanken umher und lässt dich schaukeln von Vorstellungen. Rutscht du die Gedankenstrudel hinunter und wippst du mit deinen Gefühlen auf und ab im Takt deiner Gedanken? Ach, liebe Runa, willst du den Spielplatz nicht verlassen, um dir den Sand aus den Schuhen zu kippen und dann frei im Ozean schwimmen zu können? Ich weiß der Spielplatz lockt dich, doch ist unbewusstes Denken eigentlich für Anfänger, oder?

Manchmal klappte es besser und mal weniger gut, mich vom Spielplatz zu locken, um wieder auf dem stillen Ozean treiben zu können.

Doch wenn ich dann in dieser Leere trieb, dann hatte ich eines der intensivsten Freiheitsgefühle, die ich überhaupt kannte.

Eines langen Wandertages, sah ich erneut einen Vorsprung und spürte mit ihm die Erschöpfung der letzten Zeit. Ich legte mich hin und fiel in einen angenehmen leeren Raum. Manche Erinnerungen suchten mich in diesem Raum auf, die gesehen werden wollten und so entstand heute eine recht verstörende Szene: Mein rechtes Bein schwoll an, es sah aus, als wäre ein Fußball in ihm eingenäht worden und es spannte und drückte. Ich musste humpeln und manchmal kippte ich zu der Seite, an dem die Geschwulst wuchs. Ich verlor immer häufiger das Gleichgewicht, durch die ungleiche Schwere.

Erst versuchte ich diese riesige Beule zu verstecken, trug weite Hosen, doch eigentlich wusste ich, ich war schwanger.

Das Kind war nur aus meinem Bauch nach unten in mein Bein gerutscht. Innerhalb der nächsten Zeit wuchsen mir immer mehr Beulen in meinen Beinen, die fußballgroß wurden.

Meine Haut spannte sich bis ins Unerträgliche. Ich hatte nun bestimmt schon zehn Kinder in mir wachsen, die ich mit Scham aus meinem Gedächtnis vertreiben wollte.

Zum einem, weil ich 11 Jahre alt war und noch nicht schwanger werden wollte und zum anderen wusste ich, dass diese Kinder nicht entstanden, weil ich Sex hatte, sondern jedes Kind entstand, wenn ich mich erneut selbst befriedigte.

Meine Mutter ging mit mir zu einem Arzt, der mich aufgrund von Babytritten in den Beulen zu einer Frauenärztin weiterleitete. Diese sagte, dass es seltene Ausnahmen gab, in denen Mädchen, die früh anfingen zu masturbieren, sich selbst befruchten könnten. Aus Scham die Schwangerschaft zuzulassen, hatte ich mit all meiner Willenskraft diese Babys in meine Beine pressen können. Die Frauenärztin kam näher, beugte sich über meine Liege und sprach ruhig und eindringlich: „Befriedige dich nie wieder, Runa. Du wirst Monster gebären, die dich von innen auffressen. Du solltest dich schämen, du bist doch noch fast ein Kind." Die entsetzten Augen meiner Mutter brannten sich in meinen Verstand ein und ich fiel aus dem Frauenarztzimmer zurück in die Erde hinein.

Ich schreckte auf und fühlte all die Scham, die ich als kleines Mädchen gegenüber meiner Sexualität hatte und die immer noch in mir nachebbte. Die Scham war damals wie ein loderndes Feuer und auch heute noch glühte sie still und sacht in mir.

Ich erinnerte mich an all die Ängste, die in der Pubertät anfingen, Besitz von mir zu ergreifen. Ich träumte davon, an meiner Menstruation zu ertrinken und schämte mich für meine Fantasien.

Ich war erschreckt von meinen Brüsten, die wie kleine Trauben aus meinem Körper wuchsen. Manchmal wünschte ich mir, größere Brüste zu haben, die ich präsentieren könnte. Manchmal aber auch wollte ich sie nur unsichtbar machen, sodass jeder dachte ich wäre noch ein Kind.

Zwischen sich verstecken und sich als Ware ansehen, schwankte ich eine Weile in meiner frühen Jugendzeit hin und her.

Aus der Scham heraus entwickelte sich in jungen Jahren jedoch auch ein gewisser Kick, den ich verspürte, wenn ich mich berührte. Oft bat ich danach Jesus um Gnade und hoffte, dass die Verstorbenen mich nicht beobachtet hatten.

Ich nahm mich in den Arm und tat mir selber sehr leid. Warum hatte ich mir all das angetan?

Mit dem Entschluss mich nun schamlos anfassen zu können, spülte ich meine Hand mit dem letzten frischen Wasser ab und öffnete die Knöpfe meiner Hose.

Mir war klar, dass ein weiteres Teufelchen sich in und um meine Vagina versteckt hielt. „Na kleines saugendes Monster, ernährst du dich von meiner Scham und meiner Tendenz meine Grenzen zu übergehen? Heute werde ich all das tun, was du mich hast nicht erleben lassen.

Heute werde ich mir erlauben, kein Geschlecht zu haben und dass mein Gegenüber ebenfalls keines haben muss. Heute muss ich nichts sein und werde deswegen zu deiner Sklavin, deiner Domina, einem König, zu deiner Angestellten, deiner teuren Prostituierten, zu deinem Vergewaltiger, deinem

Lehrer, deiner Mutter, deinem Gott und zu deinem beschmutzten Teufel und vielleicht auch zu deiner Geliebten. Ab heute gibt es keine Grenzen mehr, keine Tabus, alles ist erlaubt und somit steckte ich den Trinkflaschenhals in meine feuchte Vagina, drückte ihn nach unten, sodass er diesen Punkt berührte, der mich zur Ekstase brachte. Ich sah all die Male vor mir, in denen ich Vorstellungen anderer entsprochen hatte. Ich hatte Sex gehabt, um zu gefallen, um dich zu befriedigen, doch viel zu selten für mich.

Ich weinte beim Schreien. Ich wusste ich war mächtiger als meine Grenzen und berührte meine Klitoris in den schönsten Weisen.

Als ich einmal beim Orgasmus stöhnte und den Flaschenhals tiefer in mich presste, wusste ich, es ging noch weiter. Der Teufel war noch nicht geboren. Ich konnte mehr Lust fühlen, tiefer gehen und schnellere Bewegungen machen. Ich schwitze, der Schweiß rann mir die Schläfen hinunter und ich löste mich auf. Kam nochmal und nochmal. Mein Körper bäumte sich auf, meine Pobacken spannten sich an. Meine Augen rollten fast aus meinem Kopf heraus, als ich meinen Kopf nach hinten wegdrückte. Ich keuchte und dachte, ich könne nicht mehr. Alles sagte, ich solle aufhören, doch die Füße des Monsters waren erst zur Hälfte herausgekommen. Ich gab mich meinen verstecktesten Fantasien hin. Sie waren so geheim, dass ich noch nicht mal wusste, dass ich sie hatte und erschrak kurz über meine Bilder im Kopf. Doch da zuckte das Monster vor Freude zusammen und ich wusste, jetzt müsste ich alles zu lassen.

Ich ließ jeden Gedanken, jedes Gefühl, jeden Wunsch und jedes Verlangen zu. Ich machte also weiter. Ich wand mich vor Lust und Schmerz, mein Körper war überreizt, doch ich trieb ihn über diese Überreizung hinaus und dadurch, dass ich meinen Körper mit seinen Bedürfnissen hinter mir ließ, flog ich höher als ich es je für möglich gehalten hätte.

Ich verließ meinen Körper und der Raum hatte einen Orgasmus. Ich hörte die Betonwände beben, als sich die Wellen im Raum bewegten. Ich sah Licht und Blitze, dachte ich würde das Bewusstsein verlieren. Gebar ein weiteres Monsterchen, gezeugt aus Scham, geboren durch die Lust.

Es schrie, als es entdeckte, dass es meinen Körper verlassen hatte. Es versuchte wie Beat wieder durch meine Vagina in den Körper zu gelangen, doch wurde nicht hineingelassen, weil ich mich seiner bemächtigt hatte. Ich sah ihn von oben seine Finger in meine Vagina schieben, was mir noch mehr Lust bereitete und ich den zweiten Raumorgasmus hatte. Dieser ließ das Teufelchen nach hinten taumeln und von der Plattform fallen, auf der ich lag. Ich sah mich von oben keuchend und grinsend und wurde langsam wieder in meinen Körper gezogen. Es fühlte sich an wie ein Strudel, der mich immer heftiger packte und meinen raumlosen Geist einsog, bis er wieder in meiner Form war. Ich freute mich, dass ich langsam immer mehr mir selbst gehörte und berührte meinen ganzen Körper zärtlich. Ich war wieder einmal erstaunt, wie feinfühlig meine Haut war und küsste meine Schultern zärtlich runter, bis zu meinen Händen. Genauso wie ich mich nicht nach Sex, sondern nach Liebe machen sehnte, konnte ich nun mir all die zärtliche Liebe geben, die ich sonst nur bei anderen Menschen fühlen konnte. Ich war verliebt in das Leben und schlief ein, während ich mit mir selbst kuschelte.

Als ich aufwachte, wusste ich, ich wollte nur noch in der Leere laufen, an nichts denken, nur fühlen und so stand ich auf und lief blind durch die Gänge. Ich dachte über keine Abbiegung nach, spürte nur meine Füße im kalten Schlamm, bewertete nichts. Ich aß einen Müsliriegel, der so intensiv schmeckte, weil ich all meinen Sinnen heute besondere Aufmerksamkeit schenkte. Ich fühlte die Nüsse meine Speiseröhre hinuntergleiten, sich in meiner Magensäure zersetzen. Ich fühlte wie die Nüsse dort an längst gekaute Essensreste stießen und fühlte wie Darmbakterien sich der Fäulnis widmeten. Ich fühlte all meine Moleküle sich bewegen und die Atome vibrieren, bis ich verstand, dass das Konstrukt, welches ich ICH genannt hatte, nur ausgedacht war.

Ich bin ein Atomhaufen gefüllt mit Bakterien, Viren, Einzellern und halte mich auf erstaunliche Weise in dieser Form, die einst Runa getauft wurde, zusammen.

Ich lachte über mein Lachen und über dieses Theater, was ich so ohne zu zögern mitgespielt hatte. Ich hatte meine Rolle Runa die Eigensinnige, die Rebellin, Frau, Freundin, Künstlerin, Naturschützerin, Liebhaberin und Verrückte so genial gespielt, dass ich nie verstand, dass ich nur spielte.

Ich brach zusammen, mein Ego hatte verloren, ich war nichts, alles war erdacht, ich hatte eine Krankheit, die sich Verstand nannte und so schlug ich meinen Kopf gegen den Beton.

Bis dieses sich selbstständig gemachte Wesen aus meinem Kopf verschwand.

Ich boxte gegen die Wand und verstand im Stillstand plötzlich, dass dieser Beton genau wie ich ein Atomgeflecht war. Vielleicht redete dieser Betongewandverstand dieser Form auch ein, sie sei etwas, was sich abgrenzen sollte.

Vielleicht hatte sie auch einen Namen, ein Leben, eine Identität. Ich lachte über meine neue Freundin Beton. Ich taufte sie Betonite und streichelte ihr zärtlich die Haut. „Alles was ist, ist." sprach Betonite. „Wir sind alle Materie, du entstandest aus meiner Haut und ich war aus deiner erbaut. Schau mich nicht so klagend an, ich weiß diese Welt ist verwirrend, wenn man sie anfängt zu verstehen. Also entscheide weise und leise, ob du die Augenbinde wieder anlegen, oder du dem Leben die Wahrheit schuldest. Wir sind alles und nichts und damit verschwimmen unsere Formen in eine. Baby ich liebe dich, mich und uns."

Sie küsste mich auf meinen Bauchnabel, dort wo vor einigen Jahren meine Identität entstand, als man meine Form zu füttern begann.

Ich küsste ihren Bauchnabel, der tief in ihr Sein hinein drang. Ich verstand die Welt nicht mehr und lief auf die Wand, die sich erkannt hatte, hinzu. Ich konnte diagonal stehen oder was war oben und unten? Ich merkte, dass es hier unten keine Anziehungskraft mehr gab. Anscheinend war ich schon sehr lange in Richtung Erdkern gelaufen, dass ich den Punkt erreicht hatte, in dem alles eine gleiche Anziehungskraft hatte.

So legte ich mich in Betonite hinein, die zu seufzen begann, mich in den Arm nahm und mich dabei verschlang. Ich driftete in ihre Form, war beweglich in ihrer Reglosigkeit.

Ich schwamm oder lief, floss oder kroch in ihrer Form, sah den Klärschlamm, der mir glich von unten, oben, von allen Seiten und fühlte mich freier denn je.

Ich sah die Form, die anscheinend mir gehörte von unten, sah meine Augen mit den Augen von Betonite und streckte mir, dir, uns die Zunge heraus.

Ich lachte bis die Wand zu zerbrechen drohte. Das wollte ich Betonite nicht antun. Ich wollte ihr nicht ihre Form nehmen und so beruhigte ich mich wieder

Da legte mir Betonites Wesen ihre Hand auf mein Herz. Doch eigentlich war ich auch ihre Hand und sie auch gleichzeitig mein Herz.

Nichts gehörte mehr zu mir und wir atmeten in uns hinein. Wochen, Monate, Jahre ich weiß es nicht, vereinten wir uns in unseren Körpern und tauschten Formen wie Kostüme beim Verkleiden.

Ich vergaß den Körper völlig, der einst Runa getauft wurde. Ich ließ ihn irgendwo im Mittelpunkt der Erde liegen und besuchte alle Wesen, mit denen ich diese Verbindung spüren wollte. Ich vereinte mich mit meinen Eltern, teilte mit meiner Mutter den Körper für einen Tag und verstand endlich, was sie zu ihrer Trauer brachte und küsste ihr Herz. Ich spürte, dass sie manchmal an diesem Tag verwirrt an sich hinunter guckte und ihren Körper abklopfte. Auf der Suche nach Insekten oder irgendeiner Krankheit, die erklären konnte, warum sie heute Dinge tat, die sie davor noch nie getan hatte.

Sie erschrak zum Beispiel, als sie anfing zu lachen - einfach so, mitten im Supermarkt. Ich nahm ihre Angst in die Hand. Auch sie hatte ein Monster in ihrem Brustkorb sitzen und ich versuchte Beat wieder zu überreden hinaus zu gehen. Doch er weigerte sich. Er hielt sich an den Lungenflügeln fest, als ich versuchte ihn zu packen und zu würgen.

Ich musste einsehen, dass ich meine Mama nicht befreien konnte. Erst machte es mich traurig, doch dann freute ich mich, weil Beat sich ihr auch noch offenbaren würde und dann würde es ihre Entscheidung sein, ihn zu verbannen oder ihn weiter zu hüten.

Somit konnte ich Beat umarmen und all die anderen kleinen und großen Monster ebenfalls und streifte noch einmal durch den ganzen Körper meiner Mutter, bis ich mich mit sehr viel Liebe von ihr trennte.

Ich streifte durch die Katze hindurch, mit der ich meine Kindheit verbracht hatte. Sie wartete gerade sehr geduldig vor einem Mäuseloch.

Ich spürte ihre angespannten Muskeln und ihren Jagdtrieb, der sie zu keiner Bewegung zwang. Als sie jedoch spürte, dass ich mich ihr näherte, begann sie, sich aus ihrer Starre zu lösen und schnurrte. Sie sprach ohne Worte und doch verstand ich, dass sie mich liebte und dies mich wissen lassen wollte. Auch schien sie keine Erklärung wie meine Mutter zu suchen, warum ich meine Form verlassen hatte und nun durch den endlosen Raum flog. Sie wusste alles und somit empfing sie mich in ihrem Körper. Sie sendete Lichtimpulse und Vibrationen durchfluteten ihren Körper und ich verstand endlich, warum Katzen schnurrten.

Ich legte mich in ihr Schnurren hinein und breitete mich in ihrer Liebe aus. Ich fühlte, wie sie mir beibringen wollte zu jagen und sah gespannt aus ihren Augen die Welt. Ich sah Farben, die ich davor nicht für möglich gehalten hätte und ich könnte sie hier auch nicht mit Worten beschreiben.

Es waren Farben, die irgendwo zwischen weiß und schwarz lagen und sogar darüber hinaus.

Ich nahm kleinste Veränderungen des Mäuselochs war. Die Erde vibrierte leicht unter unseren Pfoten und ich spürte wie sich die Mäuse unter uns bewegten. Wir bekamen eine unglaubliche Lust zu töten und zu spielen. Doch ich wusste, ich musste mich beherrschen, bevor ich den sekundenschnellen Schlag tun durfte.

Jede voreilige Bewegung war fatal. So spannten sich unsere Muskeln an und trotzdem verharrten wir genau in der Position, in der wir waren. Wir fingen an die Mäuse zu riechen. Der Geruch ließ uns das Wasser im Mund zusammenlaufen und wir bewegten unsere Ohren weiter in Richtung des Mäuseloches. Wir atmeten flach und duckten uns auf den Boden.

Das Herz pumpte uns das Blut in den Körper und unsere Muskeln fingen an zu zucken, als die erste Maus ihre Nase aus dem Loch reckte. Ich wollte vor Freude aufschreien, aber ich biss mir auf unsere Zunge.

Wir warteten noch eine Ewigkeit. Doch als ich die Transmitter durch den Körper schießen fühlte, bewegte sich unser Körper von ganz alleine. Wir sprangen gemeinsam auf die Maus, die quiekend wie in Zeitlupe erschreckt nach oben schaute.

Mein Verstand wollte mir noch etwas sagen, doch ich war so im Instinkt und Trieb, dass ich mit unserem Maul und einem heftigen Ruck in den Rücken der Maus biss. Ich wusste, wir hätten gleich das Genick brechen können, doch Maja, meine momentane Lebens- und Körperpartnerin, wollte ihrer Lust am Spielen freien Lauf lassen. Die Maus wurde von Pfote zu Pfote, vom Maul zum Boden geworfen und immer, wenn sie sich gerade aufgerappelt hatte, schossen wir wieder auf sie zu.

Ich war erschreckt von diesem Spaß, welchen ich verspürte und fühlte mich machtvoller denn je. Wir bäumten uns auf, sprangen von oben auf die Maus herauf und dachten nicht an Karma oder ähnliches. Die schmerzerfüllten Augen machten unser Herz nicht weich und als die Maus langsam den Glanz in ihren Augen verlor und das Adrenalin aus unserem Körper floss, war ich verwirrt von meiner komplett ungebändigten animalischen Seite.

Wir leckten uns das Blut von der Schnauze und ich verabschiedete mich mit einer kopfstoßenden Geste von Maja.

Ich flog weiter durch die Vorgärten meiner Nachbarn. Ich streifte durch die Blätter der Bäume und umflog die Vogelnester.

Ich musste wenigstens drei Monate in der Kanalisation verschwunden gewesen sein, denn es schien Frühling geworden zu sein. Überall war Leben, welches sich durch Äste und Schalen sprengen wollte. Alles erwachte aus einem Schlaf und ich flog schneller, sodass ich die Blätter auf dem Boden aufwirbeln konnte. Ich freute mich mit der Erde und erwachte wie sie ebenfalls neu.

Ich sah Vögel Liebe machen, Füchse Nahrung für die Kinder besorgen, Mäuse flink huschen und Spatzen Heu aus den Heuballen ziehen für ihre Nester.

Sie alle folgten ihren Instinkten und niemand schien so verwirrt wie der Menschen zu sein. Als ich an einigen Menschen vorbeiflog, sprachen sie mit sich selbst, andere wieder mit elektronischen Geräten in ihrer Hand oder sie guckten, aber schauten nicht tiefer.

Sie waren besessen von ihren Gedanken und den einhergehenden Gefühlen. All diese Menschen erinnerten mich an ein Leben, welches mir fern erschien und zu gerne wollte ich sie rütteln.

Als ich an einer von Trauer erfüllten Frau vorbei schwebte und ihre dunkle Sicht auf die Welt spürte, wollte ich sie erfreuen.

Ich nahm also Schwung und glitt durch ihre Haare und um ihren Körper herum. Sie wunderte sich, doch sagte zu sich selbst: „Der April, der macht was er will. Immer wieder diese Böen des Windes."

Ohne das Wunder verstehen zu wollen, ging sie weiter und ich flog über die Dächer weiter in Richtung Wald.

Als ich hoch über den Bäumen schwebte, fiel meine Aufmerksamkeit auf einen Baum, der mich schon früher als Kind magisch angezogen hatte. Er war für viele recht unscheinbar, doch für mich strahlte er eine fesselnde Liebe aus.

Er hatte anscheinend Startschwierigkeiten gehabt und lange um das Licht kämpfen müssen, welches zwischen all den Laubbäumen knapp war. So hat der Baum sich in jüngeren Jahren oft um sich selbst gedreht. Dies verrieten mir die vielen Windungen an seiner Rinde.

Doch seine Äste spreizte er in alle Richtungen, sobald er ein Nadelöhr im dichten Wald durchbrochen hatte. Hoch über allen anderen blätterwuchernden-Riesen faltete er sein Kleid aus und zeigte sich in all seiner Fülle. Endlich konnte ich dieses Spiel der Schönheit von oben betrachten. Als kleines Kind sah ich nur den sehr schiefen noch nicht mal sonderlich dicken Stamm. Doch wusste ich, dass sich dieser Baum höher als ich schauen konnte, entfaltet hatte und dort das Spiel der Jahreszeiten spielte, ohne von den Menschen gesehen zu werden. Auch ihn durchstreifte ich und ließ seine Blätter leise, weise im Takt meines Gesanges wehen. „Lichtwesen der Schattenwelt, was treibt dich in meine Arme?" fragte mich die Baumseele. Ich antwortete: „Schon lange fesselst du mich in deiner Präsenz. Sag mir deine Weisheit, schönes Wesen." - „Ich habe keine Weisheit, mein Kind. Alles, was mich lehrt, ist das Nichts." - „Aber musst du dich nicht an etwas festhalten, was deinem Sein einen Sinn gibt?" - „Die Frage ist für mich ein Widerspruch. Das Sein ist der Sinn. Wahres Sein braucht keine Fragen. Es ist und damit auf ewig genug." - „Hmm." stieß ich ermüdet aus. War all mein Suchen nun sinnlos gewesen? Hätte ich all das nicht gebraucht, weil die einfachste Wahrheit, nämlich, dass es keine gibt, schon immer vorhanden war?

„Weise Baumseele, ich möchte dir von meinem Leben erzählen. Ich muss dir gestehen, dass ich immer auf der Suche war. Nach einem inneren Ort, in dem der Friede und die Liebe wohnt. Ich dachte zu diesem Ort würde ich am einfachsten gelangen, wenn ich unter der Erde verschwinden würde. Wenn ich für das Drama der Welt nicht erreichbar wäre, könnte ich meine Dunkelheit und mein Licht erkennen, glaubte ich. Dort unten habe mich von Monstern befreit und meine Seele frei geschrien. Habe letztendlich eine Betonwand als meinesgleichen erkannt und durch unsere Gleichheit meinen Körper verlassen, um mich nun frei von allen Formen zu bewegen. Doch immer noch suche ich. Ich frage dich nach deiner Weisheit, weil ich mich selbst nicht als genug ansehe."

„Oft habe ich das bei den Menschen, die unter mir spazieren gehen, beobachtet. Sie scheinen alles zu haben und trotzdem bitterlich arm zu sein. Ich lade dich ein, mich für eine Weile zu bewohnen. Dabei musst du mir jedoch eines versprechen: Höre auf zu urteilen. Genieße das, was da ist und warte auf nichts. Ich werde dir nichts zeigen können, wenn du nicht bereit bist zu sehen. Also schaue, ohne zu denken und lerne vom Leben, das was ich einst vom Leben lernen durfte."

Ich entfaltete mich in ihm und fing an, mich im Takt des Windes zu bewegen. Ich spürte die Eichhörnchen auf unseren Ästen springen und die Vögel ihre Nester bauen.

Manchmal noch dachte ich darüber nach, ob ich hier meine Zeit verschwendete.

Am Anfang fühlte sich alles wie Stillstand an, doch wenn die Baumseele dies wahrnahm, blies sie einmal mit all ihrer Liebe durch mich hindurch und ich tauchte tiefer ab ins Zufriedensein. Gedanken über das Morgen und Gestern verschwammen und wir atmeten nur noch in dieses riesige Baumwesen hinein und in den Wald wieder hinaus.

Wir atmeten im gleichen Takt wie die Welt.

Wir trieben aus in alle Richtungen, unsere Lebensenergie brach hinaus, als sich unsere Blätter entfalteten. Ich war und damit war alles genug. Ich fühlte mich umarmt von der Weisheit der Baumseele und fing an, sie langsam selber zu finden. Ich fand zur tiefsten Weisheit, indem ich nichts tat, sondern einfach nur war.

Eines Nachts verdunkelte sich der Himmel und ich bekam ein bisschen Angst, als ich den Sturm näherkommen fühlte.

Doch mein Meister, die Baumseele, sprach nur mit all seiner Ruhe: „Fürchte dich nicht, mein Kind, der Sturm ist Heilung. Er wird alles nehmen, was gehen will. Auch wir haben ein paar Äste die heute wieder auf die Erde zurückfallen wollen und zu Humus zersetzt werden wollen. Es wird neues Leben entstehen, alles wechselt seine Form. Wir werden niemals etwas verlieren. So wie wir auch niemals bekommen werden. Wir sind mit oder ohne Ast oder gar Stamm bereits alles. Also fürchte dich nicht."

In diesem Augenblick wich all meine Anspannung von mir ab, die zu halten versuchte, obwohl es nichts zu halten gab. Somit gaben wir uns dem Tanze hin.

Der Wind tanzte uns, es war eine Massage. Wir wurden gedehnt, gestreckt und einige unserer Äste wollten den Kreis schließen, indem sie zu Erde werden wollten. Es geschah, dass ich jegliche Angst verlor. So wie damals, als ich ohne Schuhe weiter im ungewissen Schlamm lief.

Ich ließ mich leben, anstatt am Leben festzuhalten. Als die ersten Blitze am Himmel zuckten, befanden wir uns schon in einer ekstatischen Ruhe, sodass ich diese nur als Lichtblitze zu unserem Tanz wahrnahm.

Die Erde und der Himmel sprachen miteinander. Der Himmel ließ Blitze auf die Erde zucken, die die Erde mit dem Beben des Donners beantworte. Ich fühlte mich als beides: Himmel und Erde.

Wir entsprangen aus der Erde, doch wir wollen wieder in den Himmel, dem Licht entgegen. Die Erde bebte unter uns und unsere Wurzeln lösten sich langsam aus den gewohnten Positionen. Der Baum sprach, als hätte er gewusst, was nun passieren würde.

„Wir nehmen heute die Herausforderung an, diese Form zu verlassen. Doch keine Angst mein Kind, das Sterben ist nur ein Gebären in eine neue Form. Halte nicht. Gebe dich dem hin, was der Himmel uns zeigen will. Hab Vertrauen." Der Wind heulte zwischen unseren Ästen und das Beben lockerte weiter unsere langen Wurzeln. Wir ließen alles geschehen. Die Blitze zuckten und ich genoss das Schauspiel.

Als die schwarzen Wolken direkt über uns waren und wir uns mit allen anderen Bäumen in Ekstase tanzten; geschah es, dass der Blitz, das höchste Objekt suchte, um sich am schnellsten mit der Erde zu verbinden. Wir waren für einen kurzen Augenblick der Übermittler zwischen Himmel und Erde.

Als der Blitz in unsere höchsten Äste einschlug, glühten wir auf. Wir waren erleuchtet wie ein Tannenbaum und kurz darauf fühlte ich einen Riss, der sich von dem Blitzeinschlag bis zum Boden vollzog. Durch die enorme Energie fingen die ersten Zweige an zu brennen und als der Schmerz durch den Baum schoss, verließ meine Seele diesen und wurde durch die Erde geschossen.

Alles um mich herum raste an mir vorbei und trotzdem wusste ich, dass ich nicht wie damals meinen Menschenkörper bewusst verließ, sondern ich geleitet wurde. Von Form zu Raum. Ich hatte dem Leben meinen Willen gegeben und ließ mich nun komplett leiten.

Nach zeitlosen Momenten, in denen alles und nichts geschah, spürte ich meinen Körper auf einer Betonwand liegen. Verwirrt bewegte ich meine Hände.

Meine Finger bewegten sich in Wellenformen auf und ab und ich musste lachen wegen dieses ungewohnten Gefühls eines Menschenkörpern. Aber es fühlte sich gut an.

Vorsichtig testete ich, ob ich mich noch in alle Richtungen bewegen konnte, wie ich es einst so gewohnt war und tatsächlich, alles funktionierte noch.

Begeistert streichelte ich meine eigene Haut und nahm die Berührungen am ganzen Körper wahr. Ich berührte die Unterseite meines Armes, die ich früher immer als empfindlichste Stelle wahrgenommen hatte und genoss es, dass meine Seele nun wieder ein gewohntes Zuhause hatte. „Hallo Betonite, da bin ich wieder. Danke, dass du meinen, deinen Körper so lange getragen hast. Durch die Verbundenheit mit dir habe ich erstmals diesen Körper verlassen und mich auf eine Reise begeben können, die ich davor nicht für möglich gehalten hätte." - „Merke dir, dass wir durch Verbundenheit uns selbst vergessen können und über unseren Körper hinaus expandieren können. Auch nun, wo du wieder in deiner alten Form wohnst, ist deine Energie trotzdem noch über deinen Körper hinweg spürbar. Ich habe dich auch manch anderes Mal wahrgenommen, über hunderte Kilometer entfernt spürte ich dein Licht leuchten. Wir sind so viel mehr als unser Körper und dennoch ist er unser Tempel, den wir uns für dieses Leben ausgesucht haben." - „Das stimmt. Ich war meine Mutter, eine Katze und ein Baum. Habe vieles durchstreift und doch fühle ich, dass ich mit diesem Körper eine Mission habe. Alle anderen Wesen, die ich besucht habe, waren Wegweiser. Sie ließen mich teilhaben und von ihren Seelenweisheiten lernen. Ich teilte mir gerne einen Körper mit ihnen, doch nun fühlt es sich gut an, wieder nach Hause gekommen zu sein. Gehst du auch manchmal auf Reisen, Betonite?" - „Ich reise einst jeden Tag, als ich erfuhr, dass meine Seele nicht an diese Wand gebunden war. Doch nun bin ich müde zu reisen. Alles ist schon hier in der Tiefe der Erde enthalten. Ich brauche nicht eine Wolke zu sein, um zu wissen, dass alles formbar ist. Ich brauche auch kein Baum zu sein, um zu wissen was Ruhe ist und kein Vulkan sein, um zu wissen, was Lebendigkeit bedeutet. Ich bin alles und alles bin ich. Trotzdem haben mir meine Reisen geholfen, um dies besser zu verstehen. Auch du bist schon viel gereist, doch ist die Herausforderung als Mensch groß auf diesem Planeten. Viele vergessen, was sie sind. Aus Spaß habe ich auf einer meiner letzten Reisen einen Menschenkörper besucht und habe mich fast in diesem verloren." - „Ja Betonite, das habe ich auch schon oft. Ehrlich gesagt wusste ich bevor ich dich getroffen hatte gar nicht, dass ich auf so eine Art reisen gehen kann. Ich dachte Leben findet nur in diesem Körper statt. Ich danke dir für deine Flugstunden," sagte ich gerührt. Meine Gefühle zu mir, dem Leben und auch zu Betonite fühlten sich anders an. Ich bin wahrlich über mich hinausgewachsen. Plötzlich fiel mir mit einem lauten Magengrummeln auf, dass ich seit langer Zeit nicht mehr gegessen hatte. Ich holte aus meinem Rucksack einen der letzten Müsliriegel heraus und biss voller Dankbarkeit hinein.

Auch die Nüsse aß ich gierig. Ich hatte nun wieder einen Körper, den es zu pflegen galt. Als ich an mir hinabschaute, war ich aber unsicher, ob ich diesen Körper jemals wieder sauber und gesund bekam. Wo meine Haut unter der Kacke zu sehen war, schimmerte es fast leichenblass hervor.

Mein Körper war dünn und die Knochen standen an manchen Stellen hervor. Doch ich fühlte, dass ich trotzdem, wie selten zuvor in meinem Leben, zum Strahlen fähig war. Ich ruhte mich auf Betonite noch eine Weile aus. Schlief hin und wieder ein und krümmte mich manchmal vor Bauchschmerzen. Das Essen, so lecker es auch gewesen war, überraschte meinen Körper sehr. Er musste sich erst wieder an das Leben gewöhnen.

Lange war er ein Tempel ohne Bewohnerin gewesen. Nachdem die schlimmsten Krämpfe abgeklungen waren und ich meinen Bauch mit meinen Händen die ganze Zeit gehalten und unterstützt hatte, verabschiedete ich mich von Betonite. „Was ist das für ein Abschied, der keiner ist. Unsere Herzen haben sich geküsst, liebste Runa. Wir sind auf ewig verbunden, und ich werde dich auf meinen nächsten Reisen besuchen kommen. Aber auch so bin ich immer ein Teil von dir."- „Ich weiß. All das hast du mich gelehrt, liebste Betonite. Ich liebe dich jetzt und immer."

„Liebste Runa, ich möchte dir nur eines noch mit auf den Weg geben. Es gibt einen Schmerz, den jede Form in diesem Universum fühlt, nämlich den des getrennt seins. Wir haben alle ein kollektives Trauma erlitten, als wir aus der Quelle hin zu unserer Mutter kamen und ihren geschützten warmen Ort verlassen musste, um in diesem Universum unsere Aufgaben zu vollbringen. Du und ich hatten das Geschenk, uns mit dem kollektiven Wir wieder neu verbinden zu können. Wir konnten heilen und uns an die ewige Verbundenheit erinnern. Doch während Pflanzen, Tiere und selbst Betonwände die Trennung leichter durchbrechen können, müsst ihr Menschen danach oft lange suchen. Als Babys wart ihr verbunden mit euch und allem. Doch das Aufwachsen als Mensch auf der Erde traumatisiert die meisten von euch zutiefst. Alle suchen nach ihrem Urzustand, doch viele ohne dies zu begreifen. Die Menschen stiften Verwüstung an, um zu suchen, was sie vergessen haben. Das Chaos auf dieser Welt, zeigt nur das innere Chaos der Menschen. Habe Nachsicht und verliere trotzdem nicht deine Weisheit. Wir sind alle Geschwister. Ich liebe dich meine Schwester und nun ziehe von dannen."

Mit diesen Worten, die tief in mir resonierten, machte ich mich auf den Weg, der mich zur Erdkruste führen sollte. Viele Schächte und Rohre kletterte ich steil hinauf und fühlte die Erde immer ein bisschen kälter werden. Dort, wo ich mit Betonite verweilte, war es heiß gewesen, sehr heiß. Die Wärme hatte mich dort unten umfangen, und ich war dankbar, mich in sie legen zu können.

Jeden Tag, den ich nun weiter nach oben lief, wurde es kälter. Das war auch gut, und ich freute mich dadurch immer mehr aufs Sonnenlicht. Ich fragte mich erneut, in welchem Teil auf der Erde ich meinen Kopf aus dem Gully stecken würde. Wo würde ich die Menschen erschrecken können? Wo würde man die ersten kackverschmierten Fotos von mir machen?

Meine Schlafzeiten verbrachte ich auf weiteren Betoniten. „Hallo schöne Betonite, bist du es, die mich lehrte zu fliegen?" - „Ja und nein. Ich habe deine Verwandlung gespürt, doch wohnt hier eine andere Seele. Ich habe anderes erlebt und verhalte mich dadurch anders, und trotzdem bin ich im Kern deine alte Betonite, so wie du auch Betonite selbst bist." Manchmal gab es wunderschöne Betonvorsprünge, auf die das Abwasser und die Ratten nicht kamen. Diese luden mich ein, ein bisschen ungestört auf ihnen zu schlafen.

Manchmal, wenn ich von fernen Welten träumte, kletterten die Ratten doch hinauf und schliefen in meinem Arm. Manchmal erschrak ich mich deswegen, doch ich verstand, dass sie auch nur Wärme suchten, und ich teilte gerne meine Wärme. Wobei ich gestehen muss, sie wärmten mich auch, vor allem, wenn nicht nur ein oder zwei Ratten um mich lagen, sondern ganze Rattenrudel, wurde es muckelig warm.

Meine Müsliriegel waren vor etwa zwei Wochen ausgegangen, auch von meinen Trockenfrüchten und Nüssen waren nur noch eine handvoll vorhanden, und obwohl ich langsam lernte, mich ohne feste Nahrung zu nähren, freute ich mich dennoch wieder auf all die Speisen, die ich auf der Erde mit der Sonne essen konnte.

Wenn ich sehr müde war und wenig Energie hatte, dann sang ich mir selber Kraft zu. Ich sang mich in einen Rausch hinein, indem es keine Schmerzen, kein Morgen und keine Angst gab. Auch wenn ich viel Angst abgelegt hatte, dadurch, dass ich dem Tod schon mal in vollstem Vertrauen meine Hand entgegengestreckt hatte, freute ich mich dennoch auf dieses Leben als Runa.

Ich spürte eine Bindung und einen Lebenswillen, welcher mir früher oft fremd gewesen war. Damals hatte ich gedacht, ich könne nur die Angst vor dem Tod überwinden, wenn ich das Leben so sehr ablehne, dass mir der Tod das einzig erstrebenswerte sein würde.

Daraus entstand der Gedanke, der mich früher mit Angst erfüllte: Wenn mir diese Angst vorm Tod genommen werden würde, würde ich dann nicht auch sterben wollen? Wäre es dann nicht das erste, was ich tun wollte? Was hält mich noch auf dieser Welt außer die Angst vorm Unbekannten?

Mit tiefster Dankbarkeit konnte ich nun fühlen: Obwohl ich wusste, dass der Tod nur ein Perspektivwechsel ist, wollte ich mich trotzdem nicht umbringen. Selbst wenn, wäre es ein Abschied aus Liebe und nicht aus dem Gefühl, das Leben abzuweisen.

Ich wusste immer noch nicht, was ich machen wollte, wenn ich oben ankam. Doch hatte ich das Vertrauen, dass genau das zu mir finden würde, was ich brauchte.

Ich küsste meine Hand, um mir selber zu danken für den Mut und das Vertrauen, dass ich dem Leben entgegengebracht hatte.

Ich lief noch lange. Das ist das Einzige, was ich sagen konnte. Die Zeit verschwamm ohne Rahmen, und ich begegnete wieder der Unendlichkeit. Denn genauso gut hätte ich sagen können, die Zeit verging nicht mehr auf einer Linie, sondern sie war unmessbar in Wellen, Kreisen und Formen, die keine Namen hatten. Denn ich erkannte, dass die Zeit nur im Kopf verging, verknüpft an Routinen, die wir uns einst überlegten.

Eines Tages hörte ich jedoch das Brummen von Maschinen und da wusste ich, ich war der Erdkruste nahe. Ich setzte mich hin und mir schien es als seien diese Geräusche so intensiv, dass sie mir mein Trommelfell zerstören wollten. Doch als ich weiterging, merkte ich, dass sie immer lauter wurden und das es nur meine Ohren waren, die es nicht mehr gewöhnt waren etwas anderes außer meinen eigenen Schritten und dem Atem zu lauschen.

Ich atmete tief durch. Ich wusste, die Reize würden von Schritt zu Schritt zunehmen. Die Gerüche, Abgase, Lichter, Menschen, Gehupe, Fragen, Werbung würden meine Aufmerksamkeit fordern wollen. Leise sprach ich folgendes Gebet: „Liebste Runa, mögest du achtsam in diese Welt der Hast zurückkehren, mögest du bei dir und deinem inneren Raum bleiben. Mögest du die Wahrheit und die tiefe Stille mitnehmen. Mögest du Praktiken entwickeln, dich auf das Wahre zu besinnen, ohne gleich wieder in die Kanalisation hinunter steigen zu müssen. Mögest du auf dich selber achtgeben und ein offenes Herz behalten." Ich drückte meinen jetzt nun schon sehr dürren Körper mit meinen Armen zusammen und stand lange da. Langsam wog ich mich von der einen zur anderen Seite, so als würde ich mich in den Schlaf wiegen wollen. Ich strich über meine Schultern. Leise summte ich mir das Lied vor, welches meine Mutter mir früher immer gesungen hatte, wenn mich die Angst übermannte. Es hatte den Text: „Es wird ja alles wieder gut, nur ein kleines bisschen Mut." Als ich mich selbst mit genügend Kraft aufgeladen hatte, lief ich weiter.

So wie ich damals Mut gebraucht hatte, in die Kanalisation einzusteigen, brauchte ich ihn jetzt um wieder hinauszugehen. Schnell gewöhnt man sich an alles Neue und man braucht Mut, um das Gewohnte wieder zu verlassen und ins Unbekannte zu gehen. Als ich am ersten Gullydeckel entlanglief, dachte ich nicht lange drüber nach, sondern fasste die Stäbe des Geländers und stieg Stufe um Stufe höher. Mein Herz pochte ziemlich laut und kräftig in meiner Brust. Gerne wäre ich wieder umgekehrt. Doch ich wusste dieser Schritt war der richtige. So stieß ich mit meinem Rücken gegen die Unterseite des Gullydeckels in der Hoffnung ich könne ihn so hochdrücken. Und tatsächlich, langsam balancierte ich den Gullydeckel nach oben und als mein ganzer Oberkörper aus dem Gully hervorkroch, machte ich meinen Rücken schräg, sodass der Deckel mit lautem Poltern auf den Boden fiel.

Ich schaute mich um, doch ich sah keine Menschen. Der Himmel war bedeckt von den vielen Wolken und ich fühlte Regentropfen auf mich fallen. Erst konnte ich sie kaum fühlen durch die Krusten des Schlammes auf meiner Haut, doch langsam vermischten sie sich mit meinen Tränen.

Ich war und bin am Leben, welch ein Wunder!!!

Ich weinte mit dem Regen zusammen, genauso wie an jenem Tag, an dem ich das Sonnenlicht verabschiedet hatte.

Langsam streckte ich meinen Kopf weiter aus der Gullyöffnung hinaus und staunte dabei mit der Welt. Selbst das sachte Licht der untergehenden Sonne hinter den Wolken blendete mich und ich blinzelte. Ich nahm all die unterschiedlichen Farben wahr, sie sprachen Gedichte und überrannten meine Wahrnehmung. Fast musste ich die Augen schließen, um mich vor ihrer Intensität zu schützen. Doch ich lächelte ihnen zu und versuchte die Welle der Eindrücke willkommen zu heißen. Ich hatte es nicht geahnt, dass ich mich so sensibilisiert hatte und fühlte die Rohheit meines Herzens. Alles bewegte mich tief. Ich genoss den Wind, der durch mein Haar streifte. Auch wenn mein Haar sich nicht mehr bewegen konnte aufgrund des hart gewordenen Schlammes, der meinen ganzen Körper bedeckte, konnte ich die frische Brise dennoch spüren, mit all meinen Sinnen. Ich streckte die Arme in die Höhe und atmete tief ein. Klarheit, Reinheit, Abgase, Tod und Leben roch ich. Noch nie war mir der Luftgeruch so einmalig vorgekommen.

Vor ein paar Stunden oder tausend Jahren war all dies so normal gewesen, dass ich es nicht hätte beschreiben wollen. Doch jetzt war ich rein, neu und klar. Ich war gefallen bis in meinen persönlichen Abgrund, um mich neu zu gebären. Eine Geburt, die sich selbst geboren hat durch die Selbstentfaltung. Ich atmete langsam und tief ein und stieg mit einem Seufzer gen Himmel. Als ich eine der letzten Stufen erklimmen wollte, vernahm ich auf einmal ein lautes Hupen. Viel zu grell war das Geräusch für meine Ohren und gerne hätte ich nun wieder meinen Kopf zurück in die Dunkelheit gezogen, doch ich war unfähig mich zu bewegen. Grelle Blitze zuckten auf mich zu und ich konnte nur vermuten, dass dies Scheinwerfer eines Autos waren. Anscheinend hatte ich mitten auf einer Straße den Kopf aus der Kanalisation gesteckt. Dies war der letzte Gedanke, den ich als Runa dachte. Danach fiel mein Körper zurück in die Kanalisation und mein Kopf rollte noch über die Straße, bis er vor einem Baum liegen blieb.

Der Regen ließ nach und die Abendsonne kroch noch einmal kurz hinter den Wolken hervor.

Dies ist nicht das Ende. Ein Ende gibt es nicht.

Ich danke dir fürs Lesen, Fühlen und Sein.

Meine E-Mail-Adresse lautet: frimi3@web.de. Wenn du dich nach Austausch fühlst, dann lass uns gerne kommunizieren. Ich freue mich über deine Rückmeldung.

Besonders danke ich meinen Eltern, die mit Nachsicht meine katastrophale Rechtschreibung korrigierten.

Zudem war mir Mathildes Rückmeldung eine große Hilfe.

Außerdem danke ich allen schönen Wesen, die mein Leben kreuzten. Ohne euren Spiegel hätte ich dieses Buch nicht schreiben können.

Zuletzt danke ich mir für all die Energie, die aus meinem Herzen in dieses Buch geflossen ist.

Mögen sich die liebevollen Dinge in dieser Welt mehr und mehr manifestieren.